Verschmitzte Weihnachten

Christbaumkugeln, die nur knapp einem Unglück entgehen, ein Lebkuchenmann, der über sich selbst hinauswächst oder ein Teufel, der einen Engel verführen möchte.

Der Autor, Kurt Schmitz, stellt Figuren in den Mittelpunkt, die uns mit ihrer Menschlichkeit überraschen.

Mal lustig, mal ironisch oder auch mal ernster erzählt – unterhaltsam sind die Kurzgeschichten allemal.

Kurzgeschichten für Jung und Alt zum Lesen und Vorlesen

Christbaumkugeln

„Oh je, oh je - mir wird schlecht." Die kleine Christbaumkugel schaute nach unten. „Ich möchte wieder zurück in meinen Karton. Mir wird schlecht, wenn ich so weit oben hängen muss. Ich vertrage das nicht."

„Jetzt geht das wieder los. Jammer nicht so rum", hörte man eine Christbaumkugel aus den unteren Reihen sagen. „Als ich so hoch hing wie du, habe ich mich darüber gefreut. Das ist eine besondere Ehre."

„Dann komm du doch nach oben. Ich will nicht geehrt werden. Ich will einfach nur in Ruhe in der unteren Reihe hängen und weihnachtlich glänzen."

„Geht das jetzt die ganze Weihnachtszeit über so?", wollte eine andere Christbaumkugel wissen. Genervt begann sie hin und her zu schaukeln.

„Nicht so wackeln", schrie die kleine Kugel aus der oberen Reihe. „Ich habe Angst. Ich will hier runter." Sie war den Tränen nah.

„Ruhe! Verdammt noch mal. Immer diese Streitereien. Ich will nach oben – du willst nach oben – ich will nach unten, nach hinten, nach vorne. Himmel, ich kann das nicht mehr hören. Immer wird nur gemeckert. Kann man denn nicht mal seine Ruhe haben und einfach stilvoll glänzen?" Die Christbaumspitze war außer sich.

„Genau – mir reicht`s auch", sagte der kleine Strohstern an der Spitze des Tannenzweiges. „Was soll ich denn sagen? Ich hänge hier im Freien in der Luft. Gleich über dem Holzboden. Wenn ich herunterfalle, breche ich mir meine Spitzen ab und keiner will mich mehr haben. Ihr fallt wenigstens in die weichen Zweige."

„Jetzt fängt der auch noch an." Die Christbaumspitze war genervt.

„Wer um alles in der Welt hat euch aus dem Karton genommen? Der Deckel wäre besser zu geblieben. Letztes Jahr waren wir ein viel besseres Team. Ihr hättet euch einen anderen Job suchen sollen", sagte die Christbaumspitze.

„Ha! So ein Blödsinn", lachte eine der Christbaumkugeln: „Einen anderen Job suchen. Wie soll das denn gehen? Aber das ist ja wieder typisch – auf alle herabschauen und dumme Kommentare abgeben." Einige Christbaumkugeln schütteten sich aus vor Lachen.

Die Christbaumspitze starrte schweigend nach vorne und würdigte die Kugeln keines Blickes mehr.

„Kann mir mal jemand helfen?" Die große Christbaumkugel aus der Mitte meldete sich. „Eine Tannennadel sticht mir genau auf die Kugel." Sie versuchte verzweifelt, sich von der Tannennadel zu befreien und drehte und wendete sich vorsichtig, um sich nicht an der spitzen Tannennadel zu zerkratzen.

„Ich könnte auf und ab springen", sagte die Kugel über ihr. „Vielleicht löst das dein Problem", sagte sie und begann, auf und ab zu hüpfen.

„Niiiiiiicht!" Die kleine Christbaumkugel im oberen Teil des Baumes schrie hysterisch. „Aufhööööören. Ich falle runter."

„Na und? Soll ich mich deswegen zerkratzen lassen?", fragte die größere Christbaumkugel schnippisch und rief der Kugel über ihr zu: „Mach ruhig weiter. Ich glaube, die Tannennadel ist schon etwas verrutscht."

Die kleine Christbaumkugel begann zu weinen: „Ich will wieder in meinen Karton zu meiner Verpackungsfolie." Sie weinte und war nicht mehr aufzuhalten.

„Aufhören", schrien einige Strohsterne. „Wir weichen noch alle auf." Die Aufregung unter den Strohsternen war groß.

„Hiiiiiilllfe!" Ein Schrei kam aus den oberen Zweigen. „Meine Halterung hat sich gelöst. Ich falle runter. Kann mir denn niemand helfen?" Verzweifelt versuchte eine Christbaumkugel sich an ihrer Halterung festzuklammern.

Die anderen Kugeln darunter schreckten auf: „Wenn sie auf uns fällt, reißt sie uns vielleicht auch mit runter."

Panik machte sich unter den Kugeln breit. Mit kräftigen Schwüngen versuchten sie, sich aus der Sturzrichtung zu entfernen. Auch die rechts und links daneben hängenden Kugeln wurden von der Panik mitgerissen und befürchteten, vom Christbaum zu stürzen.

Ein heilloses Durcheinander hatte den Weihnachtsbaum erfasst:

In der oberen Reihe heulte die kleine Christbaumkugel ohne Unterlass, worüber die darüber festgesteckte Christbaumspitze nur verständnislos ihre Spitze schütteln konnte. Die Strohsterne schrien laut durcheinander und versuchten, den Tränen der kleinen Christbaumkugel auszuweichen, in dem sie nach rechts und links schaukelten. Und die Christbaumkugeln, die in der Sturzrichtung der losen Christbaumkugel hingen, schwangen sich von rechts nach links und vor und zurück, um nicht mit nach unten gerissen zu werden.

Plötzlich herrschte Schweigen.

Unbemerkt von allen war der Christbaum ins Schwanken geraten.

Nach rechts, nach links und wieder rechts und wieder nach links.

Der Baum drohte umzufallen, und einigen Christbaumkugeln war das Entsetzen anzusehen. „Oh nein" oder

„Bitte nicht" konnte man leise vernehmen.

Sekunden wurden zu Minuten und die Anspannung war deutlich zu spüren. Der Baum schwankte unaufhörlich und bedrohlich hin und her. Würde er umfallen, wäre das eine Katastrophe für den ganzen Christbaumschmuck. Aber sie hatten Glück: Nach und nach beruhigte sich der Christbaum wieder und bald stand er wieder ruhig an seinem Platz.

Die Christbaumkugeln und die Strohsterne atmeten erleichtert auf, rückten sich an ihren Zweigen ganz vorsichtig wieder zurecht und blieben schweigend und reglos hängen.

Niemand wagte es mehr, sich zu bewegen oder ein Wort zu sagen.

Nur die Christbaumspitze schaute noch einmal vorsichtig nach unten und flüsterte vor sich hin: „Endlich Ruhe." Entspannt richtete sie sich wieder auf und strahlte, als wäre nie etwas geschehen.

Das Kind in der Krippe

„Was sticht denn da so?" Das Kind in der Krippe war erwacht und kratzte sich erst mal ausgiebig.

Dann tastete es vorsichtig rechts und links neben sich. Stroh, es war wirklich alles Stroh. „Wo bin ich denn hier gelandet?", fragte sich das Kind und öffnete die Augen. „Na super! Ein Stall. Und ich liege in einer Holzkrippe", sagte es zu sich selbst.

Das Kind setzte sich aufrecht hin und schaute sich um. Es glaubte, seinen Augen nicht zu trauen, als es in der hinteren Stallecke einen Esel und einen Ochsen stehen sah. „Das darf doch wohl nicht wahr sein. Kein Wunder, dass das hier so riecht."

Das Kind wollte aus der Krippe klettern, aber in diesem Moment betraten Maria und Josef den Stall.

„Wer seid ihr denn?", rief das Kind Maria und Josef zu. „Was wollt ihr hier?"

Maria und Josef staunten nicht schlecht über diese Frage. „Ähm, wir sind deine Eltern", erwiderte Josef und hielt Maria, die verunsichert wirkte, an der Hand.

„Meine Eltern? Das kann ja wohl nicht sein. Meine Eltern sind reich und wohnen in einem Palast", sagte das Kind.

Josef wollte etwas erwidern, aber in diesem Moment betraten die Heiligen Drei Könige den Stall. „Oh je, wer sind die denn?", entfuhr es dem Kind.

„Wir sind die Heiligen Drei Könige und bringen Geschenke."

Das Gesicht des Kindes hellte sich auf: „Geschenke? Super, das ist nett von euch. Kommt nur näher. Ich bekomme die Geschenke."

Maria musste sich erst mal setzen und Josef, der noch immer etwas sagen wollte, klappte den Mund wieder zu.

Ehrfürchtig schritten die Heiligen Drei Könige auf die Krippe zu: "Wir bringen Gold, Weihrauch und Mhyrre."

„Weihrauch und Mhyrre brauche ich nicht", sagte das Kind. „Aber das Gold nehme ich gerne."

Die Heiligen Drei Könige staunten nicht schlecht und schauten Maria und Josef fragend an.

„Legt die Geschenke doch einfach vor die Krippe", versuchte Josef die Situation zu retten. „Das Jesuskind ist heute irgendwie verwirrt."

„Ich? Verwirrt?", schrie das Kind „Von wegen. Die Geschenke sind für mich. Wenn ich schon in einem Stall liegen muss, möchte ich wenigstens die Geschenke haben." Kaum hatte das Kind die Worte ausgesprochen, sprang es aus der Krippe und schritt auf die Heiligen Drei Könige zu.

Die Heiligen Drei Könige schreckten zurück. In Windeseile hatte das Kind das Gold an sich genommen, rannte zurück zur Krippe und schob es unter das Stroh. Dann sprang es selbst wieder in die Krippe, legte sich zurück und verschränkte die Arme hinter dem Kopf.

Die Anwesenden waren ratlos: Seit über 2000 Jahren kannten sie die Geschichte nun schon, aber was jetzt passierte, überforderte sie völlig.

„Meine Herren", sagte Josef zu den Heiligen Drei Königen „vielleicht sollten sie jetzt besser gehen. Wir haben da wohl was zu klären. Vielen Dank für den Besuch und für die Geschenke und bis nächstes Jahr." Josef schob die Heiligen Drei Könige zielstrebig zur Tür heraus.

Kopfschüttelnd und murmelnd verließen die Heiligen Drei Könige den Stall. So etwas hatten sie noch nicht erlebt.

Das Kind hatte sich zwischenzeitlich einen Strohhalm in den Mundwinkel gesteckt und kaute genüsslich darauf herum, während es Josef respektlos anstarrte.

„Wie kommst du eigentlich dazu, dich so zu verhalten?", wollte Josef von dem Kind wissen.

„Wie kommst du eigentlich dazu, dich so zu verhalten?", äffte das Kind Josef nach und fuhr fort: „Ich bin ein Königssohn und möchte auch so behandelt werden. Ich will nicht in einem Stall liegen, erst recht nicht in einer Strohkrippe. Und dass hier ein Esel und ein Ochse rumstehen, will ich erst gar nicht erwähnen." Das Kind begann, laut zu werden.

„Ganz ruhig", sagte Josef. „Wie heisst du eigentlich? Und wo ist das Kind, mit dem wir bis jetzt die Krippengeschichte gespielt haben?"

Das Kind stutzte und fuhr hoch: „Krippengeschichte? Wieso Krippengeschichte?" Das Kind wurde plötzlich ganz hektisch. „Da liegt wohl ein Missverständnis vor. Ich bin ja in der völlig falschen Geschichte. Ich hatte mich doch um eine Rolle als Sohn von Herodes beworben." Jetzt wurde das Kind ganz blass. "Falsche Seite", sagte es leise, sprang aus der Krippe und lief auf den Ausgang zu. Plötzlich stoppte es und lief zurück. „Das nehme ich mit, sozusagen als Entschädigung." Das Kind griff nach dem Gold und hetzte wieder Richtung Ausgang. „Nichts für ungut", sagte es noch und verschwand.

Der Lebkuchenmann

„Hatschi", machte es – und noch mal: „Hatschi." Der Lebkuchenmann konnte den Juckreiz in seiner Nase nicht mehr kontrollieren. Und noch mal „Hatschi." „Dieses trockene Gebäck bringt mich noch um", stöhnte er und richtete sich vorsichtig auf.

Er schaute über den Rand des Weihnachtstellers - ob ihn wohl jemand gehört hatte?

Seit zwei Tagen lag er im Weihnachtsteller der kleinen Sophie. Sophie hatte ihn quasi bis dato mehr oder weniger ignoriert. Anfangs hatte sie ihn neugierig betrachtet, ihn aber dann im Weihnachtsteller ganz nach unten geschoben und Pfeffernüsse auf ihn gelegt. Pfeffernüsse – er hasste Pfeffernüsse.

Printen oder Dominosteine wären ihm lieber gewesen, die rochen angenehm und er fühlte sich dann rundherum wohl.

Aber jetzt war es zu spät: seine Pfeffernussallergie war ausgebrochen und er musste ständig niesen.

Vorsichtig stand der Lebkuchenmann auf und säuberte sich zunächst einmal gründlich. Dann schnäuzte er sich die Nase kräftig, reckte und streckte sich nochmal und kletterte über den Rand des Weihnachtstellers auf den Wohnzimmertisch.

Ach war das schön – endlich raus aus dem engen, viel zu vollen Weihnachtsteller.

Vergnügt hüpfte der Lebkuchenmann auf dem Tisch umher, freute sich über den geschmückten Weihnachtsbaum, der im Zimmer aufgestellt war und betrachtete interessiert den großen Raum.

Diesen Abend wollte er so richtig genießen.

Zuerst würde er sich auf den großen Schaukelstuhl vor den Kamin setzen.

Das hatte er bei Sophies Vater gesehen und das sah immer so gemütlich aus. Vater schenkte sich dann ein Glas Wein ein, seufzte zufrieden und las dann die Zeitung, während er langsam hin und her schaukelte.

Der Lebkuchenmann stibitzte sich eine Weinbrandbohne aus Vaters Weihnachtsteller und ließ sich, die Weinbrandbohne auf dem Rücken mit Lametta festgeschnürt, vorsichtig an der Tischdecke des Wohnzimmertisches auf den Boden gleiten.

Zuerst musste er wieder heftig niesen – nicht wegen der Pfeffernussallergie, sondern weil der Teppich aus echtem Lammfell gewebt war. Hierauf war er wohl auch allergisch.

Der Lebkuchenmann kämpfte sich durch das hohe Teppichgarn und erreichte keuchend und außer Atem den Schaukelstuhl.

So hoch hatte er ihn sich wirklich nicht vorgestellt. Wie ein Berg wirkte der Schaukelstuhl auf ihn.

Mühsam kletterte der Lebkuchenmann an den seitlichen Verstrebungen hoch. Hoch und noch höher – endlich hatte er es geschafft. Er lächelte zufrieden, setzte sich hin und öffnete das Papier der Weinbrandbohne. Das hatte er sich jetzt aber wirklich verdient.

Zuerst aß er etwas Schokolade und dann nahm er noch einen kräftigen Schluck Weinbrand zu sich. Ah, wie gut das tat – und wie lecker das schmeckte.

Der Lebkuchenmann lehnte sich zurück und genoss die Aussicht. „Schaukeln werde ich wohl nicht können. Dazu bin ich dann doch zu klein und zu schwach", sagte er leise vor sich hin und wurde ein bisschen traurig. Aber er wollte nicht verzagen, sondern sich darüber freuen, dass er den anstrengenden Weg so gut geschafft hatte.

Er summte leise ein paar Weihnachtslieder und nippte hin und wieder an der Weinbrandbohne. Wirklich lecker!

Nach drei, vier kräftigen Schlucken zweifelte der Lebkuchenmann an seiner Wahrnehmung. Hatte der Schaukelstuhl gerade angefangen zu schaukeln? Das konnte doch nicht sein. Und da – im Zimmer bewegten sich die Gegenstände wie von selbst hin und her oder auf und ab.

Seine Augen spielten ihm sicherlich einen Streich – das lag wohl an der Pfeffernussallergie oder an dem Lammfellteppich. Zur Beruhigung nahm er noch einen Schluck aus der Weinbrandbohne. „Gleich fühle ich mich sicherlich besser", sagte er zu sich selbst.

Misstrauisch beobachtete er die Gegenstände, die sich bewegten und spürte, wie ihn nach und nach eine seltsame Gelassenheit und Fröhlichkeit überkam. Plötzlich musste der Lebkuchenmann schallend lachen. Er lachte und lachte – laut und immer lauter und die Tränen kullerten aus seinen großen, dunklen Augen.

Da! Jetzt hatte er es genau gesehen: auf dem Foto an der Wand schunkelten Opa und Oma wild hin und her und in der großen Vitrine tanzten die Porzellanfiguren im Kreis herum. Das Lammfell schien zu schweben und auch der Schaukelstuhl stand nicht mehr still. Selbst die Muster auf den Wandtapeten tanzten auf und ab.

Der Lebkuchenmann lachte und lachte und musste sich den Bauch halten, so weh tat ihm der schon.

Lange Zeit beobachtete er das Geschehen um sich herum, feuerte die schunkelnden und tanzenden Elemente lautstark an, lachte und prustete und sang ausgelassen aus vollem Hals nicht immer jugendfreie Lieder.

Dann sprang er auf und begann zu tanzen. Er hüpfte von einem Bein auf das andere, drehte sich im Kreis, sprang auf und ab und wirbelte ausgelassen auf der Sitzfläche des Schaukelstuhls umher.

Hierbei hatte er nicht bemerkt, dass er der Stuhlkante des Schaukelstuhls zu nahe gekommen war und plötzlich passierte es: Er hatte eine kurze Drehung gemacht, fiel hin und rutschte über die Stuhlkante hinaus ins Leere. Erst im letzten Moment konnte er sich mit einer Hand an der Stuhllehne festhalten. Seine Beine baumelten in der Luft und die zweite Hand suchte verzweifelt nach einem Halt.

Das war knapp: Kurz bevor er abrutschte, hatte er auch mit der zweiten Hand die Lehne zu fassen bekommen.

Er schrie laut um Hilfe.

Doch wer sollte ihm helfen? Der Lebkuchenmann war mit einem

Schlag wieder nüchtern und ihm wurde mulmig: Aus der Notlage würde er sich wohl selbst befreien müssen.

Er riss sich zusammen und zog sich langsam an der Lehne des Schaukelstuhls wieder nach oben. Stück für Stück und Zentimeter für Zentimeter näherte er sich wieder der Sitzfläche. Ächzend, unter gewaltigem Kraftaufwand schaffte er es schließlich, zuerst seine Beine und dann den restlichen Körper auf die Sitzfläche zu ziehen.

Er robbte in die Mitte und als er sich in Sicherheit wähnte, legte er sich erschöpft hin. Er atmete schwer und seine Arme taten ihm weh. Gleichzeitig erfüllte ihn aber auch das stolze Gefühl, es alleine geschafft zu haben.

Plötzlich überkam den Lebkuchenmann die Müdigkeit – das war wohl alles ein bisschen zu viel für ihn gewesen. Er schloss die Augen und schlief ein.

Als er wieder aufwachte, war es noch dunkel und er musste erst kurz überlegen, wo er sich befand. Dann rutschte er am Schaukelstuhl runter und machte sich auf den Weg zu seinem Weihnachtsteller. Ganz verwirrt war er von den Geschehnissen der letzten Stunden – aber gleichzeitig freute er sich, dass er so viel erlebt hatte.

Als er über den Rand des Weihnachtstellers kletterte, legte er zunächst die Pfeffernüsse zur Seite, machte es sich zwischen Printen und Dominosteinen gemütlich und schlief zufrieden und glücklich ein.

Der
Weihnachtskarpfenaufstand

Eng war es in dem Fischbecken. Sehr eng. Fridolin, der Karpfen, dachte darüber nach, ob er den Tierschutzverein informieren solle.

„Die können doch mit uns nicht machen, was sie wollen", sagte er zu seinen vorbeischwimmenden Kameraden. Ein anderer Karpfen lachte auf: „Was willst du denn tun? Ausbrechen oder das Fangnetz zerstören? Oder willst du den Verkäufer beißen?"

Einige Karpfen, die das Gespräch mit angehört hatten, lachten laut, andere wiederum schauten verstört in der Gegend herum, als würde sie die Angelegenheit nichts angehen.

„Nein, nein, ich dachte nur, dass wir uns doch wenigstens wohl fühlen sollten und mehr Platz zum Schwimmen brauchen könnten."

Manche Karpfen stoppten neben den Diskutierenden und hörten aufmerksam zu. Hier und da vernahm man auch Zustimmung.

„Wir müssen uns organisieren", verkündete Fridolin mit ernster Stimme. Er wurde sich der Aufmerksamkeit der anderen bewusst. „Wenn wir alle zusammenhalten, können wir sicher an unserer Situation etwas ändern." Selbstbewusst ließ er eine große Luftblase aufsteigen.

Die Fische schlugen ihre Flossen aneinander, so dass es sich fast schon wie Beifall anhörte. „Bravo" und „Wir machen mit" oder „Wir helfen dir" hörte Fridolin die Karpfen rufen.

Ein etwas skeptischer Karpfen meldete sich: „Und wie sollen wir uns organisieren? Sollen wir aus dem Fischbecken springen und mit Schildern in den Flossen auf den Fliesen auf- und ab laufen? Wie hast du dir das denn vorgestellt?"

Ein anderer Karpfen meldete sich zu Wort: „Wir könnten ja Unterschriften sammeln." Die anderen stöhnten genervt.

Fridolin überlegte. Dann schlug er vor Freude mit der Schwanzflosse: „Ich hab`s", rief er: „Am Morgen, wenn der Fischer kommt, schnappen wir alle wie wild nach Luft. Dann bekommt er Angst, dass wir ersticken und er überlegt, wie er uns helfen kann. Er nimmt uns aus dem Becken raus und setzt uns in ein großes Becken."

„Und wenn er uns einfach nur umbringt, statt uns in ein anderes Becken zu setzen?" fragte ein kleiner Karpfen und begann zu zittern.

Einige Karpfen blickten verängstigt um sich und Enttäuschung machte sich breit.

Fridolin grübelte nach – daran hatte er nicht gedacht. Er musste sich etwas Besseres einfallen lassen. Wie wäre es mit der Vortäuschung einer

Ohnmacht? Oder sollten sie das Becken zum Umfallen bringen?

„Ich brauche Bedenkzeit", ließ Fridolin verlauten und schwamm in die unterste Ecke des Fischbeckens.

Dort ließ er sich auf dem Boden nieder und dachte nach.

Nach einiger Zeit rief er die anderen Karpfen zu sich: „Okay, kommt alle her, ich hab` die Lösung."

Die Karpfen drängten sich dicht um ihn.

Fridolins Flossen wedelten aufgeregt im Wasser hin und her. Er gab Anweisungen, erklärte langatmig und geduldig und erzählte den Karpfen von seinem neuen Plan.

In dieser Nacht schliefen die Karpfen alle ganz unruhig. Jeder träumte von einem besseren Leben und manch ein Karpfen konnte den neuen Tag kaum noch abwarten.

Der nächste Morgen brach an und der Fischer war schon früh auf den Beinen. Er zog sich seine Arbeitsbekleidung an und holte das Fangnetz aus dem Schrank.

„Na dann wollen wir mal", sagte er und ging auf das Fischbecken zu.

Fridolin hatte den Fischer durch die Scheibe beobachtet und gab seinen Kameraden das vereinbarte Signal: Er klopfte mit der Schwanzflosse gegen die Scheibe.

Sofort stellten alle Karpfen im Fischbecken das Schwimmen ein und verharrten in einer treibenden Position.

„Komisch", hörte man den Fischer sagen. Er beugte sich über das Becken. „Ist ja merkwürdig, die bewegen sich gar nicht mehr. Aber die leben doch, ich sehe doch, wie sich die Kiemen bewegen." Er schaute von vorne durch die Scheibe des Fischbeckens. „Hm. Merkwürdig." Der Fischer klopfte gegen die Scheibe – kein Fisch rührte sich. „Ist ja seltsam."

Der Fischer hob das Fangnetz und tauchte es ins Wasser: Keine Regung! Langsam wurde dem Fischer die Sache unheimlich. Waren die Fische krank oder tot? Aber sie sahen doch gesund aus und: sie atmeten!

Der Fischer beugte sich über das Fischbecken und tauchte das Fangnetz hinein. In diesem Moment klopfte Fridolin mit der Schwanzflosse gegen die Scheibe: „Jetzt!", gab er das Kommando.

Plötzlich und unvermittelt schwammen alle Karpfen hastig hin und her durch das Fischbecken. Manche sprangen hoch, andere wiederum schlugen aufgeregt mit den Flossen gegen die Scheibe und wieder andere stießen Fontänen von Luftblasen aus. Das Wasser brodelte und schwappte gefährlich hin und her, auf und ab.

Der Fischer erschrak sich mit einem lauten Schrei und sprang mit einem großen Satz zurück.

Mit Herzklopfen sah er zum Fischbecken hinüber, aber dort verharrten alle Fische wieder starr im Wasser.

Vorsichtig näherte sich der Fischer wieder dem Wasserbecken: Keine Reaktion. Alle Fische trieben bewegungslos im Wasser. Sollte er sich das alles nur eingebildet haben? Das konnte doch nicht sein.

Er beugte sich wieder über das Fischbecken, um das Fangnetz aus dem Wasser zu ziehen. Darauf hatte Fridolin nur gewartet: er gab erneut das Kommando: Es brodelte, sprudelte und spritzte nur so im Fischbecken, als alle Karpfen wieder aktiv wurden und wild umher schwammen. Auch die letzten Skeptiker waren nun von Fridolins Plan überzeugt und tobten wie wild im Wasser umher.

Der Fischer sprang erschrocken wieder zurück. Ihm wurde die Sache jetzt zu unheimlich. Irgend etwas stimmte mit den Karpfen nicht. Er beschloss, die Karpfen zunächst auf zwei Wasserbecken zu verteilen, um die aggressiven Karpfen von den friedlichen zu trennen. Die Fische würden sich sonst gegenseitig noch Verletzungen zufügen und konnten nicht mehr verkauft werden.

Der Fischer machte sich gleich an die Arbeit. Er füllte ein zweites Fischbecken gleich neben dem alten Fischbecken mit Wasser auf und installierte eine Pumpe, die das Wasser mit frischem Sauerstoff versorgte.

Voller Neugierde beobachteten Fridolin und die anderen Karpfen den Fischer. Als sie sahen, wie der Fischer das Wasser in das neue Becken ließ, wurde ihnen schnell klar, dass der Plan geglückt war. Die Freude unter den Karpfen war sehr groß. Sie schwammen zu Fridolin und gratulierten ihm zu der grandiosen

Idee. Fridolin wurde ganz verlegen, aber gleichzeitig war er auch sehr stolz auf sich.

Jetzt mussten die Karpfen nur noch entscheiden, wer in das neue Fischbecken umziehen durfte. Aber darüber wurden sie sich schnell einig. Sie teilten sich in zwei Gruppen auf und warteten geduldig ab.

Kurze Zeit später sahen die Karpfen den Fischer wiederkommen. Langsam näherte er sich, vor Angst schwitzend, dem alten Fischbecken und griff unsicher nach dem Fangnetz, das noch im Wasser lag. Zu sehr hatte er sich über das Verhalten der Karpfen erschrocken. Skeptisch schaute er in das Fischbecken und wunderte sich, dass sich in dem Fangnetz schon einige Karpfen befanden. Sie schienen regelrecht auf ihn zu warten. Der Fischer zog das Netz vorsichtig und langsam nach oben und war erstaunt, dass sich die Fische problemlos aus dem Wasser nehmen ließen. Der Fischer tauchte das Netz in das neue

Fischbecken, ließ die Karpfen wieder frei und schon nach kurzer Zeit hatte er die Hälfte der Karpfen problemlos und ohne Schwierigkeiten umgesetzt.

Jetzt hatten alle Karpfen genug Platz. Fröhlich und zufrieden schwammen sie hin und her und winkten sich gegenseitig zu.

Die drei Weisen

„Beeilt euch! Soviel Zeit haben wir nicht. Bis Bethlehem ist es noch ein ganzes Stück." Balthasar spornte seine Reisegefährten, Caspar und Melchior, zur Eile an.

Die drei hatten über eine Botschaft, genauer gesagt, über eine frohe Botschaft, erfahren, dass in Bethlehem ein König geboren worden war.

Sie hatten ihr Jahrgangstreffen unterbrochen und da sie von Natur aus schon immer sehr neugierig waren, beschlossen sie, diesem neuen König einen Besuch abzustatten. Schließlich konnte man ja nie wissen, wozu solche Kontakte in der Zukunft gut waren.

Mitte Januar wollten sie wieder zu Hause sein, als Weiser kann man nicht ständig unterwegs sein. Außerdem hatten sie ja auch Verpflichtungen.

Caspar, Melchior und Balthasar suchten ein paar Geschenke aus.

„Übertreibe nicht so", sagte Caspar zu Melchior „Wir müssen den ganzen Kram bis nach Bethlehem schleppen." Nach einigem hin und her einigten sie sich also auf Gold, Weihrauch und Mhyrre, da sich diese Dinge relativ leicht und gut transportieren ließen.

Sie beluden ihre Kamele und machten sich auf den Weg nach Bethlehem.

Die Sonne machte den dreien ganz schön zu schaffen und Caspar bereute es, dass er nicht seine Sonnenlotion eingepackt hatte. Notdürftig schattete er seinen Kopf mit einem Palmwedel ab, wobei er jammerte, dass ihm die Arme vom Halten des Wedels einschlafen würden.

Melchior hingegen saß auf seinem Kamel und pfiff vor sich hin. „Seit Stunden pfeifst du die gleiche

Melodie", rief Balthasar Melchior zu. „Kannst du nicht mal etwas anderes pfeifen?"

Gelassen nahm Melchior diese Kritik an, lächelte kurz und pfiff in den nächsten Stunden eine andere, sich immer wiederholende Melodie. Balthasar verdrehte die Augen. „Der kommt nicht noch mal mit, wenn wir einen König besuchen."

Der Einzige, dem die Reise kaum etwas auszumachen schien, war Caspar. Er saß auf dem Rücken seines Kamels, zählte die Eidechsen am Wegesrand, schälte sich beim Reiten Obst und steckte sich genüsslich die Obststücke in den Mund. Hin und wieder kicherte er.

Nach einiger Zeit schauten sich Melchior und Balthasar genervt an: „Warum kicherst du?", fragte ihn schließlich Melchior. „Ach nichts", antwortete Caspar. Aber dann kicherte er schon wieder.

„Jetzt sag schon, warum du kicherst",
ließ Balthasar vernehmen. „Wir
wollen auch was zum Lachen haben."

„Na gut – ich will ja nicht so gemein
sein", erklärte Caspar. „Aber seit
Stunden reiten wir nur im Kreis
herum. Mir ist irgendwann
aufgefallen, dass meine Obstschalen
vor uns auf dem Weg liegen."

Zuerst wurden Melchior und
Balthasar blass – dann stürzte
Melchior sich auf Caspar und wollte
ihn vom Kamel reißen, aber dieser
wehrte sich mit Fußtritten gegen die
Attacke und schrie laut um Hilfe.

Balthasar herrschte die beiden an:
„Hört sofort auf! Wir müssen einen
kühlen Kopf bewahren, sonst
kommen wir nicht mehr heil aus der
Wüste heraus."

Melchior und Caspar erkannten den
ernst der Situation und beruhigten
sich bald wieder. Dann setzten sich
die drei in den Wüstensand und
begannen nachzudenken.

„Wir könnten warten, bis die Sterne leuchten und dann folgen wir einfach einem von ihnen", meinte Melchior.

„Ach, und welchem sollen wir folgen? Hast du irgendeine Ahnung, wie viele Sterne es gibt?", erwiderte Caspar gereizt.

"Hast du einen besseren Vorschlag?", erwiderte Melchior und prompt begannen die beiden wieder, sich zu streiten. Sie zogen sich gegenseitig die Turbane vom Kopf, bewarfen sich mit Sand und beschimpften sich aufs übelste.

„Ruhig Blut, Jungs", besänftigte Balthasar die beiden. „Ich weiß was. Wir warten einfach auf die nächste Karawane und reisen mit dieser weiter."

Melchior schüttelte den Kopf. „Die nächste Karawane? Wer weiß, wann die kommt und ob hier überhaupt eine vorbeikommt. Wir haben doch nur noch für zwei Tage Wasser im Proviant. Und unser Obst hat Caspar schon aufgegessen." Melchior warf einen bösen Blick hinüber zu Caspar.

Langsam machte sich bei den dreien Verzweiflung breit. Wie sollte es weitergehen? Würden sie den neuen König denn nie kennen lernen? Nie wieder zurück in ihre Heimat finden?

Der Abend brach an und noch immer überlegten und diskutierten die drei, wie sie aus ihrer verfahrenen Situation wieder herausfinden könnten.

Als sie müde wurden und noch immer keinen Ausweg aus ihrer Notlage gefunden hatten, beschlossen sie, ein provisorisches Lager aufzubauen. Sie wollten sich ausruhen und eine Weile schlafen. Am Morgen würde ihnen sicher eine Lösung einfallen.

So breiteten sie also ihre Decken aus und legten sich im Schutze ihrer Kamele nieder.

Aber Melchior war zu aufgeregt zum Schlafen. Er drehte sich von einer

Seite auf die andere, blieb eine kurze Weile so liegen und drehte sich dann wieder zurück. Nachdem er das einige Male gemacht hatte und er immer noch nicht einschlafen konnte, gab er auf und blieb auf dem Rücken liegen. Interessiert betrachtete er den klaren Sternenhimmel.

Dann stutzte er plötzlich und sagte aufgeregt zu den beiden anderen: „Da, ein ganz großer Stern!" Er setzte sich auf und zeigte nach oben.

„Wir haben jetzt keine Lust auf deine Späßchen", meinte Balthasar schlaftrunken. „Schlaf endlich ein, damit du morgen fit bist." Caspar brummelte etwas Unverständliches vor sich hin und zog sich seine Decke über den Kopf.

„Aber nein, begreift doch, so einen großen Stern habe ich noch nie gesehen. Der Stern sieht aus wie ein Wegweiser." Melchior war ganz aufgeregt. „Kommt schnell, wir folgen dem Stern. Was haben wir schon zu verlieren?"

Die beiden anderen waren genervt und wollten widersprechen, aber Melchior war bereits aufgestanden, hatte seine Sachen auf sein Kamel gepackt und wartete ungeduldig auf Balthasar und Caspar. Mürrisch und unter Protest packten die beiden ihre Sachen zusammen und gemeinsam machten sie sich auf den Weg.

Sie waren noch sehr müde und die Reise wurde immer anstrengender, doch Melchior gab nicht auf. Sein Gefühl sagte ihm, dass sie auf dem richtigen Weg waren.

Das gemeinsame Ziel trieb die drei Weisen immer weiter und sie folgten zwei Nächte lang dem hellen Stern.

Endlich kamen sie erschöpft zu einem Stall, dessen Licht schon von Weitem zu sehen gewesen war. Sie kämpften sich mit ihren Kamelen durch die Hirten und Schafe und näherten sich gespannt dem Stall.

Vorsichtig trat Balthasar, dicht gefolgt von Caspar und Melchior, ein und fragte Maria: „Entschuldigung, wissen Sie, wo der neue König geboren wurde?"

Maria sah kurz zu Balthasar herüber. Heute waren schon einige Hirten bei ihr gewesen, hatten nette Dinge gesagt und auch viele Geschenke gebracht. Wen wunderte es da, dass sie so gut gelaunt und zum Scherzen aufgelegt war. Kurz und knapp antwortete sie nur: " Nö – weiß ich nicht." Sie drehte sich zur Seite und musste sich zusammenreißen, um sich durch ihr Grinsen nicht zu verraten.

Aber dann musste sie doch lachen. Sie drehte sich um, um den Scherz aufzuklären. Doch dann staunte sie nicht schlecht: Die drei Weisen waren verschwunden.

Maria war irritiert. Dann hastete sie stolpernd aus dem Stall und sah die drei Weisen davoneilen. Sie rief ihnen noch hinterher, doch die drei Weisen hörten sie nicht mehr. Zu weit waren sie bereits von dem Stall entfernt und hatten sich wieder auf die Suche gemacht. Aus der Ferne konnte Maria nur noch erkennen, dass die drei aufgeregt gestikulierten. „Na dann vielleicht ein anderes Mal", sagte sie noch, zuckte mit den Schultern und ging zurück in den Stall.

Die Schneeflocke

Habt ihr euch je mal Gedanken über Schneeflocken gemacht? Gedanken über diese kleinen weißen Flocken, die vom Himmel herabsegeln und von denen alle denken, dass sie einfach nur fallen und irgendwann wieder verschwunden sind?

Tja, uns Menschen erschließen sich nicht alle Geheimnisse dieser Erde – Pardon - des Himmels...

Ich möchte euch heute etwas über Schneeflocken erzählen – eigentlich über eine ganz spezielle Schneeflocke: Ich erzähle euch etwas über Gertrud.

Gertrud ist jetzt fast schon 86,74 Schneejahre alt, was in etwa 56 Menschenjahren entspricht. Jeder weiß natürlich, dass Schneeflocken bis zu 210 Schneejahre alt werden können – Gertrud steht also quasi in der Blüte ihres Lebens.

Sie hat schon viel von der Welt gesehen – war mal hier, mal da abgesprungen – sie lebte sogar einige Zeit in Marokko. Aber, obwohl sie perfekt schneeisch und eisig spricht, fühlte sie sich dort doch nicht so richtig wohl. Sie musste sich wegen der Sonne immer ganz stark eincremen, denn Gertrud hat einige sehr empfindliche Kristalle und die Hitze machte ihr ganz schön zu schaffen.

Ihr stellt euch natürlich jetzt die Frage, warum Gertrud in der Sonne nicht einfach wegschmilzt. Die Antwort ist ganz einfach: Schneeflocken schmelzen nur aus dienstlichen Gründen oder wenn sie wollen. Es ist halt ein Job wie jeder andere auch.

Auch hatte Gertrud im Süden keine richtige Aufgabe, da es dort doch nur sehr sehr selten schneit. Müßiggang liegt Gertrud überhaupt nicht. Lieber macht sie Überstunden und lässt sich mehrmals von Aufwinden nach oben treiben, um wieder und wieder zur Erde zu fallen. Das wird auch gut bezahlt – besonders an Sonn- und Feiertagen und auch nachts.

Manchmal ist Gertrud ein ganz verrücktes Huhn und die Pferde gehen mit ihr durch: Sie lässt sich vom Wind treiben und öffnet erst dann wieder die Augen, wenn sie irgendwo gelandet ist. Es macht ihr dann immer einen Höllenspaß zu erraten, wo sie gerade gelandet ist. Verflogen hat sie sich bis jetzt noch nicht – zum Glück.

So ein Schneeflockenleben stellt ihr euch jetzt sicherlich lustig vor - aber ganz ungefährlich ist es natürlich nicht: Gertrud hat schon den einen oder anderen Angriff mit Streusalz nur knapp überlebt. Bisher hatte sie immer Glück und der Wind hatte sie rechtzeitig davon geweht oder Kinder hatten einen Schneeball aus ihr gebaut und sie aus der Gefahrenzone geworfen. Da war sie aber dann schon ganz schön ins Schwitzen gekommen.

Einmal war Gertrud sehr krank – sie drohte schneeblind zu werden. Zur Erholung schickte man sie zur Kur an den Nordpol. Dort gefiel es ihr sehr gut und dank einer speziellen Atemtherapie für gestresste Schneeflocken, konnte sie bald wieder nach Hause fahren. War das eine Freude, als sie wieder ihr kleines Wolkenheim betrat.

Unsere Gertrud wohnt übrigens Wolke Nr. 7, gleich hinter dem Rentierstall. Sie hat eine kleine, aber doch sehr gemütliche Wolke. Zumindest ist sie bezahlbar und hat eine große Wohnstube mit einem offenen Kamin und sogar eine Duschwanne im Bad.

Alles in allem ist Gertrud sehr zufrieden mit ihrem Leben.

Sie ist keine von diesen gewöhnlichen Schneeflocken. Sie war schon in der Schneeflockenschule eine der besten Schülerinnen gewesen. Mit Bravour hatte sie den Numerus flockus bestanden und ihre Eltern strahlten nur so, als sie später mit ihrem Falldiplom öffentlich geehrt wurde. Sie hatte sehr schnell gelernt, wie man beim Absprung auf die Erde einen neunundzwanzigfachen Salto schlagen konnte und hat später sogar im Unterricht assistiert. Auch war sie Meisterin im Wissen, wie man mit einem einfachen Tuch und etwas Klarlack die Kristalle so zum Glänzen bringen konnte, dass selbst die Sonne neidisch wurde. Aber auch in Geographie, Sprachen und im Erste-Hilfe-Kurs für Falsch-Gefallene-Schneeflocken war sie immer sehr gut.

Sie war immer sehr beliebt gewesen und so manch eine flotte Schneeflocke hat sich um sie gerissen. Gertrud amüsiert sich gerne und am liebsten geht sie mit ihren Freundinnen aus. Einmal im Jahr putzen sie sich raus was die Flocke hält und gehen zum großen Sommerball. Sie zieht dann ihre schönsten Kristalle an und schon manch ein Gast dachte, die

Schneekönigin persönlich wäre zum Fest gekommen. Auf dem Ball tanzt Gertrud einen Schneewalzer nach dem anderen. Sie liebt dieses Gefühl der Leichtigkeit und wirbelt nur so in der großen Halle herum. Ihr Strahlen lässt die Herzen der männlichen Schneeflocken nur so schmelzen. Aber Gertrud ist keine Flocke für eine Nacht. Aber wie oft hat sie sich schon gewünscht, der Ball würde nie zu Ende gehen und sie würde ihrem Traumprinzen begegnen. Einer stattlichen Schneeflocke, mit breiten Kristallen – selbstbewusst und stolz. Aber er sollte nicht zu dominant sein, das mag Gertrud gar nicht.

Nicht, dass ihr jetzt denkt, unsere Gertrud ist einfach nur so eine Amüsierflocke. Nein, sie hat auch ihre nachdenklichen und introvertierten Seiten. Dann sitzt sie am liebsten auf ihrem Wolkensofa, gleich neben dem kleinen Fenster, das zur Straße raus geht, trinkt einen Cognac und denkt viel über sich und die Welt nach. Sie hat sich sogar schon mal an einem Flugstreik beteiligt, bei dem es um

Risikozuschläge für Nachtflüge ging. Nachtflüge sind nämlich nicht ungefährlich und so manch eine Schneeflocke hat sich schon Kristalle abgebrochen und niemand kam für die Kosten auf. Die Menschen auf der Erde waren darüber natürlich sehr traurig. Sie dachten ja nur, es schneit nicht – wenn sie gewusst hätten, um was es ging, hätten sie bestimmt mehr Verständnis für den Flugstreik gehabt.

Einen großen Traum hat Gertrud, den sie sich unbedingt erfüllen möchte: Sie will einmal so richtig verreisen. Im „Frau-Holle-Einkaufscenter" besorgt sie sich immer Reisemagazine - am liebsten Bergmagazine, in denen phantastische Bergwelten und schneebedeckte Hänge zu sehen sind. Irgendwann, wenn sie viel Zeit hat, würde sie dort auch mal runterspringen wollen. Sie wusste aus den Berichten, dass man dort lange, lange liegen bleiben, sich die Sonne auf den Bauch scheinen lassen und sich mal so richtig erholen konnte. Kein Stress – keine

Durchsage: „Frau Gertrud bitte zum Absprung auf die Wolkenpiste! Frau Gertrud bitte!" So ein Urlaub würde ihr gefallen.

Einmal hat Gertrud ihre Cousine in der Stadt besucht. Aber da hat es ihr gar nicht gefallen. Die Schneeflocken waren ihr zu hektisch und zu schmutzig. Auch lauerten hier die großen Gefahren, vor denen sie immer gewarnt wurde: Streusalz, Schneeräumfahrzeuge und dergleichen. Lieber flog sie dann zu ihrer Schwester aufs Land. Hier konnte sie sich entspannen und freute sich über die Kinder, die Schneemänner oder Schneebälle aus ihr formten. In solchen Momenten strahlte sie nur so vor innerem Glück und die Kristalle an ihr glitzerten um die Wette.

Manchmal fühlt sich Gertrud ein wenig einsam – aber sie weiß, dass irgendwann einmal die richtige Schneeflocke kommt und dann würde sie nur so dahinschmelzen und ein neues Leben würde beginnen.

So – jetzt wisst ihr mehr, als dass nur weiße Flocken vom Himmel fallen – wenn ihr Gertrud mal seht, grüßt sie bitte von mir. Man sieht sich doch so selten.

Die Weihnachtsolympiade

Die Zuschauerränge waren überfüllt und das große Stadion platzte aus allen Nähten. Riesige Flutlichtlampen spendeten gleißendes Licht und alles, was Rang und Namen hatte, war im Stadion vertreten. Selbst Maria und Josef, die sonst an Veranstaltungen nicht teilnahmen und auch das Jesuskind und selbst die Heiligen Drei Könige waren in der Ehrenloge anzutreffen.

Die Stimmung war großartig. Einige Wettkämpfe hatten bereits stattgefunden und das Publikum bedankte sich bei den Wettkämpfern mit regem Interesse und ausgiebigem Beifall.

Auch waren schon viele Medaillen aus in gold, silber und bronze verpackter Schokolade vergeben worden.

Disziplinen, wie Weihnachtskugel-Weitwurf, Synchronschenken und Lametta aufhängen oder das

Schlittenrennen hatten das Publikum begeistert. Doch nun erwarteten sie mit Ungeduld und Spannung den nächsten Wettkampf.

Endlich war es soweit: Ein Schuss hallte durch das Stadion. Die Zuschauermassen sprangen auf. Rufe hallten durch die Ränge, Fahnen und Transparente wurden geschwenkt: Soeben hatte der Hürdenlauf begonnen.

Ein Lebkuchenmann, ein Engel, der Nikolaus und zwei Hirten aus der Weihnachtskrippe kämpften gegeneinander an.

Der Start war geglückt! Gespannt und aufgeregt beobachteten die Zuschauer die Läufer und feuerten diese lautstark an.

Plötzlich stolperte der Nikolaus über seinen langen Mantel und fiel der Länge nach hin. Ein Aufschrei des Entsetzens ging durch das Publikum.

Die anderen vier Läufer hörten die Schreie, drehten sich um und sahen, was geschehen war. Sie stoppten sofort und liefen so schnell sie konnten zurück, um dem Nikolaus zu helfen.

Vorsichtig stellten die Läufer den Nikolaus wieder auf die Beine und redeten beruhigend auf ihn ein. Der Nikolaus schien zunächst noch benommen zu sein und klopfte seinen Mantel aus. Aber als er sich umschaute, wurde ihm bewusst, dass er sich mitten in einem Wettkampf befand. Plötzlich hielt er seinen Daumen gestreckt nach oben und rannte wieder los. Das Publikum jubelte.

Die zunächst etwas verwirrt dreinblickenden anderen Läufer schauten zunächst dem Nikolaus nach, besannen sich aber schnell wieder und spurteten einer nach dem anderen wieder los – dem Nikolaus hinterher.

Dieser hatte schon einen guten Vorsprung, aber schon bald war er wieder eingeholt worden und der Lebkuchenmann übernahm die Führung.

Als der Lebkuchenmann in die Nähe der ersten Hürde kam und diese fast schon umgeworfen hatte, beschloss er, über die Hürde rüber zu klettern. Mit seinen Lebkuchenbeinen war er etwas zu schwerfällig, um darüber zu springen. Doch das Darüberklettern kostete ihn viel Zeit und so wurde er bald von den vier anderen Läufern wieder eingeholt.

Der Lebkuchenmann entschied, ab sofort nur noch seitlich an den Hürden vorbei zu laufen - Zum Glück nahm es hier ja niemand mit den Regeln so genau.

Der Engel, der erstaunlicherweise langsamer als erwartet lief, bediente sich seiner Flügel, wenn er über die Hürden kommen wollte. Aber vielleicht war er nur so langsam, weil er ständig sein Gewand beim Laufen raffen musste, um nicht zu stürzen.

Lediglich die beiden Hirten hielten sich an die gewünschten Spielregeln und lieferten sich ein spannendes Kopf-an-Kopf-Rennen. Abwechselnd überholten sie sich gegenseitig und sprangen mit großen Schritten über die Hürden rüber. Manchmal strauchelte einer der beiden und schien das Gleichgewicht zu verlieren, aber im letzten Moment konnte er sich dann wieder auffangen und weiterlaufen.

Das ging eine ganze Zeit lang so und als die beiden schließlich fast zeitgleich als erste im Ziel ankamen, war die Zuschauermenge vor Begeisterung kaum noch zu halten.

Eine La-Ola-Welle versetzte das Publikum in Bewegung und Hochrufe hallten durch das Stadion.

Auch dem Lebkuchenmann und dem Engel wurde ein begeisterter Applaus zuteil. Die beiden kamen einige Zeit später gemeinsam ins Ziel gelaufen, da sich das Gewand des Engels noch an einer Hürde verfangen hatte und er gestürzt war. Aber der Lebkuchenmann, der hinter dem Engel gelaufen war, hatte diesem aufgeholfen und war mit ihm Hand in Hand weitergelaufen.

Irgendwann kam auch der Nikolaus im Ziel an. Er war völlig eingestaubt und wirkte erschöpft, aber das schien ihm nichts auszumachen. Nachdem ihn vorher alle überholt hatten, hatte er beschlossen, den Weg gehend zurück zu legen. Auch an den Hürden war er seitlich vorbeigegangen, aber das störte ja keinen.

Jetzt kamen die anderen Läufer Freude strahlend auf den Nikolaus zu, klopften ihm auf die Schulter, umarmten ihn und nahmen ihn in ihre Mitte.

Das Publikum jubelte wieder.

„Dabei sein ist alles", verkündete der Nikolaus glücklich und zufrieden und die anderen stimmten ihm zu, während sie sich winkend von den Zuschauern verabschiedeten.

Eine Krippengeschichte

Als im Wohnzimmer des Hauses alle Lichter gelöscht waren, vernahm man leises Gemurmel aus der Ecke, in der die große Weihnachtskrippe stand.

„Puh, mir tut schon alles weh", nörgelte Maria und erhob sich langsam. Den ganzen Tag hatte sie auf den Knien vor dem Kind, das in der kleinen Strohkrippe vor ihr lag, verbracht. „Ich bin auch nicht mehr die Jüngste", sagte sie und setzte sich auf einen Heuballen, der vor dem Futtertrog des Ochsen und des Esels lag. Erschreckt fuhren die Tiere zurück. Auch sie hatten den ganzen Tag in starrer Haltung im Stall verbracht – einen richtigen Sinn hatten sie darin bisher aber noch nicht erkennen können.

Lässig lehnte Josef an einem der Stallpfosten und zündete sich eine Zigarette an. „Hab` dich nicht so, Maria. Wo sollen wir denn sonst wohnen? Versuch mal einen Vermieter zu finden, der ein unverheiratetes Paar mit einem Baby aufnimmt. Dazu noch einen Ochsen und einen Esel. Und vergiss nicht, dass wir sehr viel Besuch bekommen." Josef stöhnte, als er an die vielen Hirten, Engel und die Weisen dachte. Manchmal wurde es ihm doch auch alles ein bisschen zu viel.

Aber er wollte sich nicht beklagen. Immerhin hatten sie ein Dach über dem Kopf und bekamen viele schöne Geschenke.

Von draußen her hörte man Gelächter, Schafe blökten und Feuer knisterten. Die Hirten hatten Feierabend und es sich um die Lagerfeuer gemütlich gemacht. „Fackelt mir nicht die Bude ab", rief Josef ihnen zu und schlenderte zur kleinen Strohkrippe, in der das Kind lag. Maria beobachtete, wie Josef das Kind aus der Krippe nahm und das Stroh darin hin und her schichtete. „Kann ich dir irgendwie helfen?", fragte sie Josef, der langsam nervös wurde. „Hm, vielleicht", antwortete er, aber im gleichen Moment entspannte sich sein Gesichtsausdruck und er zog eine Flasche Schnaps aus dem Stroh.

„Immer dieser Alkohol!" Maria wurde wütend. „Den ganzen Tag sagst du kein Wort und wenn wir mal Zeit für uns haben, beginnst du zu trinken. Ich hatte mich so auf den Abend mit dir gefreut." Josef wurde sauer: „Nur weil ich mir hin und wieder mal ein Schlückchen genehmige, bin ich noch lange kein Trinker. Und überhaupt, es ist nicht meine Schuld, dass wir nicht mehr in der Schreinerei wohnen können." Josef war jetzt richtig sauer. „Schrei nicht so rum, du weckst das Kind." Maria blickte besorgt zur Krippe. Zu spät, aus dem anfänglichen Gebrabbel wurde schnell ein lautstarkes Geschrei. Maria konnte das Kind kaum beruhigen: „Siehst du, das hast du jetzt davon."

„Probleme?" Der Engel Gabriel stand in der Tür. „Nein, nein, alles Okay", erwiderte Josef. „Das Übliche halt."

Der Engel Gabriel verstand - die Anspannung des Tages zehrte doch sehr an ihren Nerven. Sich nicht bewegen dürfen und dabei immer fromm aussehen, wem würden da nicht die Nerven durchgehen?

„Ihr solltet mal Urlaub machen", verkündete er und machte sich auf den Weg zu einem der Lagerfeuer.

„Jetzt redet er wieder über uns", sagte Maria mit schwerer Stimme und versuchte, das Kind zu beruhigen. Ihre Augen füllten sich mit Tränen.

„Nun weine doch nicht gleich wieder." Josef setzte sich neben Maria auf den Heuballen: „Wenn wir erst hier raus sind, wird alles anders. Wir müssen eben Geduld haben." Er nahm sie zärtlich in den Arm. „Nicht, Josef, die Hirten können uns sehen." Maria drehte sich zur Seite. Zärtlichkeiten in der Öffentlichkeit zu zeigen, waren ihr peinlich.

Josef stand auf und ging zur Tür. Draußen beobachtete er die grasenden Schafe und die Hirten, die gut gelaunt um die Lagerfeuer herum saßen. Sie aßen und tranken und erzählten sich Geschichten. Der Engel Gabriel hatte sich soeben, als er gestikulierend irgendwas erklärte, Rotwein über das Gewand geschüttet, was seiner guten Laune aber keinen Abbruch tat.

An einem der Feuer saßen die Weisen aus dem Morgenland und Josef sah, dass sie Karten spielten – „Mau Mau", hörte er Balthasars Stimme sagen.

„Die haben es gut – den ganzen Tag im Freien und keine Verantwortung tragen." Josef blickte zu Maria und zum Kind hinüber. Manchmal trauerte er den alten Zeiten schon noch hinterher. Aber, so sagte er zu sich selbst, soviel Aufmerksamkeit hatte er als Schreiner noch nie bekommen. Das tat ihm sichtlich gut. Zugegeben, das hatte irgendwas mit dem Kind zu tun, was, wusste er auch nicht so genau, aber vielleicht würde er es ja irgendwann einmal verstehen.

Als im Morgengrauen die Lagerfeuer abgebrannt waren, machten sich alle wieder auf den Weg zu ihren gewohnten Plätzen auf der Krippe. Der Engel Gabriel stellte sich auf den künstlichen Felsen, die Weisen versteckten sich bis zur offiziellen Ankunft hinter dem Stall und die Hirten und Schafe verteilten sich großzügig auf der Krippe.

Maria wickelte das Kind noch mal und schüttelte das Heu in der kleinen Krippe auf. Vorsichtig legte sie das Kind hinein. Irgendwie wurde sie das Gefühl einfach nicht los, dass ihr Kind doch etwas ganz Besonderes sei. Sie kniete sich nieder und senkte den Blick, während Josef seinen Platz stehend gegenüber einnahm.

Hier und da blökte noch ein Schaf, aber langsam kehrte Ruhe ein und alle freuten sich trotz aller Anstrengung schon darauf, im Laufe des Tages wieder bestaunt und bewundert zu werden.

Engel und Teufel

„Nun mach schon!", sagte der Teufel zu dem blonden Engel und rutschte näher an ihn heran.

„Ich kann nicht", erwiderte dieser.

„Stell dich nicht so an", hörte man den Teufel wieder sagen.

„Ich kann nicht", wiederholte der Engel nochmals. „Du stellst dir das so einfach vor. Aber ich bin der Gute und du bist der Böse. Wenn du das machst, ist das okay, wenn ich das mache, ist das böse und dann wäre ich ja wie du."

Der Teufel stutzte: „Himmel, seid ihr Engel immer kompliziert. Das macht doch Spaß. Versuch es doch wenigstens mal. Vertraue mir einfach." Bei diesen Worten war der Teufel von sich selbst gerührt und ihm trat eine Träne in die Augen.

Der Engel schaute zum Teufel rüber: „Und wenn ich jemandem weh tue oder verletze? Komme ich dann in die Hölle?" Der Engel bekam eine Gänsehaut. Der Teufel auch.

„Nein, nein, keine Angst. Engel können wir in der Hölle nicht gebrauchen. Außerdem, wie solltest du denn jemanden verletzen? Das tut doch gar nicht weh."

„Ich weiß nicht", sagte der Engel. „Übermütig sein ist so schwierig. Dabei würde ich doch so gerne."

Man konnte deutlich sehen, dass der Engel mit seinem Gewissen kämpfte. Sollte er seine berufliche Karriere riskieren, nur um einmal etwas Verrücktes tun zu können?

Er dachte nach: Eigentlich machte der Teufel ja einen sehr Vertrauen erweckenden und ehrlichen Eindruck auf ihn. Oder sollte er sich da etwa täuschen?

Langsam wurde der Teufel ungeduldig aber er wusste, dass er

den Engel nicht drängen durfte, wenn er zu seinem Ziel kommen wollte.

Vorsichtig sagte er: „Du wirst es bestimmt nicht bereuen. Du kannst es ja erst mal mit einem bisschen versuchen." In seinen Augen blitzte es aufgeregt und er schaute verlegen zur Seite.

Der Engel war verwirrt – zu groß war die Versuchung. Dann sagte er plötzlich: „Okay – ich tu es", und blickte den Teufel triumphierend an.

Der Teufel sprang sofort auf und zeigte auf die Erde hinunter. „Da, dort kommt ein Mensch. Du musst es jetzt tun."

„Ja, ja – ich mach ja schon." Der Engel beugte sich zuerst nach hinten, dann wieder nach vorne - zielte und spuckte.

Krippenführung

„Bitte hier entlang und bitte nichts anfassen. Einer nach dem anderen und Vorsicht an den niedrigen Deckenbalken. Vorsicht bitte - verletzen Sie sich nicht. Und keine Fotos oder Videoaufnahmen." Die Touristenführerin, die heute ihr erste Reisegruppe begleitete, hatte klare Anweisungen gegeben, als die Gruppe den Stall betrat und sich um die in der Mitte stehende Krippe versammelte.

„Packen Sie bitte die Kamera weg", rief sie einem japanischen Touristen zu, der sie aber nicht richtig verstehen konnte. Erst nach einem vorwurfsvollen Blick verstand der Tourist und steckte die Kamera wieder zurück in eine Ledertasche, aus der er sie kurz zuvor herausgeholt hatte.

Nachdem Ruhe eingekehrt war, begann die Touristenführerin mit ihren Erklärungen: „Vor etwa 2000 Jahren, das genaue Datum habe ich leider vergessen" - sie grinste -„wurde in diesem Stall ein kleiner Junge geboren." Dabei zeigte sie auf die Strohkrippe. „Die Eltern, hier rechts und links neben der Krippe, hatten Zuflucht in diesem Stall gefunden, da die Frau, ihr Name ist Maria, schwanger geworden war. Zu dieser Zeit wusste sie noch nicht, dass sie einen kleinen König gebären würde." Die Touristenführerin lachte über ihren eigenen Scherz und wippte dabei vor und zurück. Einige höfliche Touristen schlossen sich anstandshalber dem Lachen kurz an.

Die Touristenführerin freute sich, dass ihr Scherz so gut angekommen war und fuhr fort: „Irgendwelche Fragen bis hierher?" Sie schaute sich kurz um und fuhr gleich wieder fort, ohne dass jemand überhaupt Gelegenheit gehabt hätte, nur einmal tief durchzuatmen: „Die hier vorhandenen Figuren konnten Dank überlieferter Daten exakt nachgebildet werden. Hier vorne in der Mitte befindet sich das Jesuskind mit Maria und Josef und im hinteren

Bereich des Stalles finden sie einen Esel und einen Ochsen. Diese Tiere...." Sie schrie auf. Soeben hatte eine amerikanische Touristin versucht, die Figur der Maria anzufassen. „Lassen Sie die Finger davon. Ich hatte Ihnen doch verboten, etwas anzufassen."

Die Touristenführerin sprang auf die Touristin zu, die erschrocken zusammenfuhr. „Versuchen Sie das nie wieder", fauchte die Touristenführerin die Frau an.

Zur Sicherheit, dass ihre Anweisungen befolgt wurden, blickte sie mahnend in die Runde. Ein älterer Mann ließ deutlich ein „Zu Befehl!" vernehmen und nahm Haltung an.

Die Touristenführerin riss sich zusammen, lächelte und fuhr fort: „Nun ja, wo waren wir stehen geblieben? Ach ja, bei dem Ochsen und dem Esel." Die Touristenführerin hatte ihre Fassung wiedergewonnen. „Der Esel und der Ochse also waren das einzige Hab und Gut, dass Maria und Josef mit nach Bethlehem nehmen konnten. Sie fragten einen Wirt in Bethlehem nach einer Unterkunft und dieser stellte ihnen großzügig diesen Stall zur Verfügung."

Die Touristen hatten das Gefühl, als würde ihre Erzählerin jetzt auf Applaus warten, aber niemand wagte es, sich auch nur zu räuspern.

„Maria und Josef standen auch der Brunnen vor dem Stall für Trinkwasser sowie Brennholz zur Verfügung. Sie hatten sozusagen eine Wohnung mit fließendem Wasser und Heizung." Sie lachte laut los und wartete auf Anerkennung.

Einige Touristen fielen wieder in das Lachen ein, andere sahen sich nur verständnislos an. Im Hintergrund übersetzte ein Tourist das soeben Gesagte seiner Frau, die nur den Kopf schüttelte.

„Ruhe bitte! Ich bin noch lange nicht fertig. Hey Sie, schauen Sie gefälligst zu mir herüber, wenn ich etwas erkläre", blaffte sie einen jungen Mann an, der erschrocken die Hand seiner Freundin fest drückte. „Autsch, du tust mir weh", schrie diese auf.

„Verdammt noch mal, das ist ein heiliger Ort!", entrüstete sich die Touristenführerin. „Kann man denn hier nicht mal ein bisschen Disziplin erwarten?"

Das junge Paar wurde rot und schaute verlegen auf den Boden.

Eine unbehagliche Ruhe war im Stall eingekehrt.

„Also – wie ich bereits erwähnte – Maria und Josef hatten eigentlich viel Glück gehabt, dass sie hier wohnen durften."

Kaum hatte sie diese Worte ausgesprochen, lief sie feuerrot an und schrie ein Kind an, dass ihr gegenüberstand: „Wie kannst du es wagen, einen Kaugummi an den Holzbalken zu kleben?" Die Mutter stellte sich schützend vor ihr Kind und stammelte eine Entschuldigung.

Aber sie hatte nicht mit der Wut der Touristenführerin gerechnet. Diese stürzte nach vorne und packte das Kind beim Arm.

„Loslassen!", schrie die Mutter und zog das Kind am anderen Arm zu sich heran.

Aber die Touristenführerin ließ nicht locker. Sie hatte es sich fest in den Kopf gesetzt, das Kind aus dem Stall zu schaffen.

Unruhe machte sich breit. Einige Touristen stellten sich zur Seite, manche verließen auf kürzestem Wege den Stall, da ihnen die Situation unangenehm wurde.

Drinnen begannen die Mutter und die Touristenführerin einen Streit, während dessen das Kind zu weinen begann.

Noch immer zogen die beiden Frauen abwechselnd an den Armen des Kindes, das verzweifelt versuchte, sich von den beiden zu befreien.

Plötzlich gab es einen Aufschrei – einer der Touristen, die den Stall verlassen wollten, war gestolpert und in die Krippe gefallen.

Die Touristenführerin war außer sich und ließ sogar das Kind los. „Sie Wahnsinniger! Das ist die Originalkrippe."

Jetzt reichte es auch den noch gebliebenen Touristen. Protestierend verließen sie den Stall.

Verständnislos schaute die Touristenführerin den Flüchtenden hinterher. Hatte sie etwa etwas falsch gemacht? Nein, das konnte nicht sein – da war sie sich ganz sicher. Das muss an der Gruppe gelegen haben. Als ehemalige Erzieherin wusste sie schließlich, wie sie mit Menschen umgehen musste. Zuversichtlich verließ sie den Stall, richtete sich gerade auf, hob den Kopf und steuerte lächelnd und kampfbereit auf die nächste Touristengruppe zu.

Nachts in der Krippe

Es raschelte im Stroh. Erst ganz leise, dann etwas stärker. Es hörte sich an, als würde sich jemand kräftig recken und strecken und tief durchatmen.

Kurz darauf ließ sich eine mürrische Stimme vernehmen: „Wie das kratzt und juckt – ätzend. Und meine Hände sind auch schon wieder eingeschlafen. Lange hätte ich das nicht mehr ausgehalten."

Das Jesuskind setzte sich aufrecht in seiner Krippe hin und schaute sich um. „Typisch, kaum Feierabend sind alle schon weg", brummelte es vor sich hin.

Mit einem sportlichen Satz sprang das Jesuskind aus der Krippe: „Seit über 2000 Jahren geht das schon so. Kaum ist das Licht aus, wollen alle sofort raus aus dem Stall. Keiner hat mal Zeit für ein kleines Schwätzchen oder spielt mit mir."

Das Jesuskind vertrat sich die Beine, machte ein paar gymnastische Übungen, ein paar Kniebeugen und ausreichend Dehnübungen. Zum Abschluss machte es noch ein paar Klimmzüge am Deckenbalken des Stalls und hüpfte hiernach noch eine Weile von einem Bein auf das andere.

Für sein Alter war das Jesuskind zwar noch sehr klein, aber es war sportlich und hatte eine gute Kondition.

Maria, die zwischendurch den Stall betreten hatte, beobachtete das Jesuskind: „Na, wie geht es dir?", wollte sie wissen.

„Langweilig ist mir", erwiderte das Jesuskind. „Den ganzen Tag über muss ich still liegen und an die Decke starren. Nie passiert etwas Aufregendes."

Maria wurde etwas nervös. Immer öfter war das Jesuskind unzufrieden und immer wieder endeten die Gespräche im Streit.

Schon vor einiger Zeit hatte sich das Jesuskind sehr für Krafttraining interessiert, aber Maria war der Meinung gewesen, dass ein muskulöses Jesuskind nicht in die Krippe passen würde. Vom Sonnenstudio und blonden Haarsträhnen wollte sie schon gar nichts wissen. Maria hatte darauf bestanden, dass das Jesuskind weiterhin nur mit einem leichten Tuch bekleidet in der Krippe zu liegen habe.

„Dann lege ich mich eben gar nicht mehr in die Krippe", hatte das Jesuskind irgendwann entschieden, war aus der Krippe gestiegen und hatte sich auf einen Strohballen gehockt. Maria war außer sich „Josef, sag du doch mal was. Soll ich mich etwa in die Krippe legen?" Doch Josef war ihr auch keine große Hilfe gewesen. Mit seinen vermeintlich pädagogischen Fähigkeiten hatte er den Streit nur eskalieren lassen und das Jesuskind hatte tagelang in der Krippe gelegen und das Gesicht beleidigt zur Seite gedreht.

Glücklicherweise war das keinem Betrachter aufgefallen.

Maria ahnte, dass auch in dieser Nacht eine Diskussion unausweichlich sein würde. Das sah sie dem Jesuskind an, immerhin kannte sie es ja schon lange genug.

Sie setzte sich neben das Jesuskind und redete ruhig und bedächtig auf es ein: „Schau Jesuskind, wir haben alle unsere Sorgen und Wünsche. Aber wir haben eine Aufgabe zu erfüllen, die für viele Menschen sehr sehr wichtig ist. Und das heißt eben, dass du den ganzen Tag in der Krippe liegen musst und nichts anderes machen kannst. Irgendwann mal kannst du dir alle Wünsche erfüllen und brauchst niemanden mehr nach etwas zu fragen. Dann kannst du tun und lassen, was immer du willst."

Josef betrat den Stall, überblickte die Situation und fragte, für seinen Geschmack sehr feinfühlig: „Na, alles in Butter?"

Maria blickte ihn böse an, konzentrierte sich aber gleich wieder auf das Jesuskind.

„Seit 2000 Jahren sagst du schon, dass sich was ändern wird. Ich will hinaus in die große weite Welt. Nicht den ganzen Tag im Stroh liegen und an die Decke starren. Mir ist langweilig! Ich möchte etwas erleben." Plötzlich schluchzte das Jesuskind laut auf und vergrub sein Gesicht zwischen den Händen.

Maria und Josef schauten sich besorgt an. So ernst war es noch nie gewesen. Während der letzten Jahrhunderte hatte das Jesuskind öfter mal verlauten lassen, dass es aus dem Alltagstrott ausbrechen wollte. Dass ihm langweilig war. Aber so aufgewühlt und verzweifelt hatten sie das Jesuskind noch nie gesehen.

Maria wurde angst und bange: Was sollten sie nur tun? Ohne Jesuskind keine Krippe!

Dann hatte Maria eine Idee. Sie sprang auf und rannte nach draußen. Nach kurzer Zeit kam sie mit den Heiligen Drei Königen in die Krippe zurück.

Das Jesuskind schaute überrascht. Es kannte die drei Männer ja auch schon sehr lange. Aber besonders spannend hatte es die drei bis jetzt nicht gefunden. „Was wollen die denn hier?", fragte das Jesuskind.

Maria bat die drei Männer, sich zu setzen und fragte laut, so dass das Jesuskind sie deutlich hören konnte: „Woher kommt ihr eigentlich genau? Ihr drei seid doch sicher von weit her zu uns gekommen. Und ihr habt doch auf eurer langen Reise bestimmt viel erlebt."

„Ja sicher", antwortete Melchior und war überrascht, dass er danach gefragt wurde, hatte sich doch bis jetzt nie jemand dafür interessiert. „Darüber könnten wir eine Menge Geschichten erzählen." Er schaute zu Balthasar und Caspar herüber. Die beiden nickten zustimmend. „Das ist wohl wahr", sagte Balthasar.

Das Jesuskind wurde aufmerksam und kam näher. „Wirklich? Was habt ihr denn alles so erlebt? Erzählt doch mal." Das Jesuskind setzte sich zu ihnen.

Und die Heiligen Drei Könige begannen zu erzählen. Die ganze Nacht über berichteten sie von fremden Ländern, aufregenden Abenteuern und merkwürdigen Begebenheiten auf ihrer langen Reise. Stunden über Stunden füllten sie die Nacht mit ihren Erlebnissen. Sie erzählten so lange, bis der Morgen anbrach.

„Wir müssen jetzt gehen", sagten die Heiligen Drei Könige dann und standen auf, um sich zu verabschieden.

„Ihr kommt doch heute Abend wieder?", fragte das Jesuskind die Heiligen Drei Könige. „Ich will noch mehr von euren Geschichten hören."

„Wir kommen wieder", antworteten die drei, freuten sich über das große Interesse an ihren Erlebnissen und verließen den Stall. Dankbar schauten Maria und Josef ihnen hinterher.

Das Jesuskind ging zur Strohkrippe und kletterte hinein. „Das war eine tolle Idee", sagte es zu Maria, legte sich hin und schlief erschöpft und zufrieden sofort ein.

Nikolaus und Knecht Ruprecht

Der kleine Jan stand zitternd im Wohnzimmer. In nicht weiter Entfernung von ihm standen der Nikolaus und sein Knecht Ruprecht.

In seinem langen roten Mantel, mit der großen Bischofsmütze und dem langen weißen Bart sah der Nikolaus sehr mächtig aus. In der Hand hielt er ein großes alt aussehendes Buch, das aufgeschlagen war.

Sein Knecht Ruprecht stand dicht neben ihm. Er war schwarz gekleidet, hielt eine Reisigrute in der Hand und auf dem Rücken trug er einen großen Jutesack. Sein Gesicht war pechschwarz und die Augen funkelten hell.

Beide wirkten sehr beeindruckend auf Jan.

Der Nikolaus räusperte sich und fragte: „Na Jan, bist du auch immer artig gewesen?"

Jan überlegte kurz. Natürlich war er sich keiner wirklichen Schuld bewusst. Hier und da hatte er mal gelogen, aber er war sich nicht sicher, ob das als unartig galt. Die Situationen hatten diese Lügen erforderlich gemacht, da sich seine Mutter sonst aufgeregt hätte. Und eigentlich, dachte er sich, hatte er seine Mutter ja nur schonen wollen.

Der Nikolaus wiederholte die Frage: „Jan, bist du immer artig gewesen?" Der Knecht Ruprecht knurrte leise.

Jan erschrak: „Ja, eigentlich schon, Herr Nikolaus."

„So, so", erwiderte der Nikolaus. „In meinem großen Buch steht aber geschrieben, dass du manchmal unartig bist und lügst und deiner Mutter gegenüber auch Widerworte gibst."

Jan zuckte zusammen – seit wann galten Widerworte denn als unartig? Er hatte eben in vielen Dingen nur eine andere Meinung als seine Mutter.

Der Knecht Ruprecht knurrte jetzt etwas lauter.

Der Nikolaus fuhr fort: „Hier steht auch, dass du deine Hausaufgaben nicht immer regelmäßig machst und die Schule auch schon mal geschwänzt hast."

Jan wurde es unbehaglich. So etwas ähnliches hatte er schon einmal im Fernsehen gesehen, nur da nannte es sich Gerichtsverhandlung.

Er blickte zu seiner Mutter rüber, die auf dem Sofa saß. Aber seine Mutter nickte nur und blickte ihn an, als wollte sie sagen: „Siehst du, das hast du jetzt davon."

Von seiner Mutter konnte er also keinen Beistand erwarten.

Jan versuchte, sich zu verteidigen: „Ich habe die Schule nicht geschwänzt. Ich dachte es seien

Ferien." Als er den Satz ausgesprochen hatte und in das Gesicht des Nikolaus` schaute, beschlich ihn ein ungutes Gefühl. Ob der Nikolaus die Lüge bemerkt hatte?

Jans Mutter seufzte laut auf. Sie hatte sich von dem Besuch des Nikolaus erhofft, dass Jan etwas mehr Respekt vor Erwachsenen bekommen würde. Auf dem Zettel, den sie dem Nikolaus heimlich zugesteckt hatte, standen noch mehr Dinge, die sie an ihrem Sohn nicht mochte.

Der Nikolaus schüttelte den Kopf und schlug das große Buch mit einem lauten Knall zu.

„Das geht zu weit, Jan. Du hast mich angelogen", sagte der Nikolaus drohend. „Knecht Ruprecht, walte deines Amtes."

Jan bekam einen Schweißausbruch. Ob ihn Knecht Ruprecht jetzt in den Jutesack stecken und mitnehmen würde? Ihm wurde angst und bange.

Der Junge erstarrte und seine Mutter war sich nicht mehr sicher, ob der Besuch des Nikolaus` und seines Knechtes eine gute Idee gewesen war.

Knecht Ruprecht trat einen Schritt nach vorne und blieb vor Jan stehen, der völlig verängstigt in der Mitte des Raumes stand. Dann hob er bedrohlich die Reisigrute nach oben.

Doch dann geschah nichts.

„Ich kann nicht", sagte Knecht Ruprecht nach einer Weile zögernd und drehte sich zu dem Nikolaus um.

„Was kannst du nicht?", fragte ihn der Nikolaus überrascht.

„Ich kann den Jungen nicht bestrafen. Ich kann ihm doch nicht weh tun", antwortete der Knecht Ruprecht verzweifelt.

„Aber das ist deine Aufgabe. Du musst ihn jetzt bestrafen, damit er aus seinen Fehlern etwas lernt", erklärte der Nikolaus seinem Gehilfen.

„Aber können wir ihm nicht einfach sagen, dass er nicht lügen darf?", erwiderte Knecht Ruprecht.

„Knecht Ruprecht, wir sind vom Himmel hierhergekommen, um unartige Kinder zu bestrafen und artige Kinder zu belohnen", sagte der Nikolaus laut und bemühte sich, nicht die Fassung zu verlieren. „Du könntest wenigstens ein paarmal mit der Reisigrute auf den Boden schlagen."

Als der Knecht Ruprecht nicht reagierte, nahm ihm der Nikolaus die Reisigrute ab und schlug selbst mehrmals damit auf den Boden. „So geht das und so....." Die Reisigrute knallte laut auf dem Boden auf.

Jan schaute die beiden mit großen Augen an. Ihm wurde die ganze Sache langsam unheimlich. Auch seine Mutter saß zwischenzeitlich aufrecht auf dem Sofa.

Knecht Ruprecht begann zu stottern: „Nicht so fest, Nikolaus. Du machst die Reisigrute noch kaputt. Gib sie mir wieder her, die gehört zu meinem Kostüm."

Jan horchte auf – hatte er das Wort *Kostüm* gehört?

Mutter wurde blass. Die beiden würden alles vermasseln.

In diesem Moment zerbrach die Reisigrute mit einem lauten Krachen.

„Na toll!", sagte Knecht Ruprecht „und was mache ich jetzt? Soll ich mit einem Küchenbesen durch die Gegend laufen und mich von den Kindern auslachen lassen?" Knecht Ruprecht wurde hysterisch.

Wütend zog er am Bart vom Nikolaus. „Autsch", sagte der Nikolaus, als das Gummiband, mit dem der Bart an seinen Ohren befestigt war, riss.

Jan musste lachen. Jetzt hatte er verstanden. „Ihr seid ja gar nicht echt", schrie er laut.

Seine Mutter sackte auf dem Sofa zusammen.

„Ich glaube, wir gehen jetzt besser", sagte der Nikolaus. Er fasste Knecht Ruprecht unter den Arm und zerrte ihn in Richtung Wohnungstür.

„Hättest du das für möglich gehalten, dass die gar nicht echt sind?", fragte Jan lachend seine Mutter.

„Nein, nein, ich bin genau so überrascht wie du, Jan", antwortete seine Mutter niedergeschlagen.

Sie war enttäuscht. Es hatte sich so gut angehört, als die studentische Arbeitsvermittlung ihr mitgeteilt hatte, dass zwei angehende Sozialpädagogen den Job übernehmen würden. Dass es so enden würde, damit hatte sie nicht gerechnet.

Schöne Bescherung

„Na toll!", Muttis Enttäuschung war kaum zu überhören. Zuerst hatte sie sich noch bemüht, sich zu freuen. Aber irgendwie nahm ihr das keiner ab. Mit gedrückter Stimme sagte sie: „Das ist wirklich eine super Idee von euch, mir zu Weihnachten einen neuen Kochtopf zu schenken. Den letzten habe ich doch schon ein Jahr lang." Sie lächelte verkrampft.

Die Kinder schauten ihre Mutter an. Hatten sie etwas falsch gemacht? Unsicher schauten sie zu Vater rüber. Es war doch seine Idee gewesen. Eigentlich wollten die Kinder dem Christkind wieder helfen und ein Geschenk für die Mutter aussuchen. Sie hatten an etwas ganz persönliches gedacht, an ein Parfum oder ein Halstuch. Vater aber war der Meinung gewesen, dass sie das alles schon habe und ihnen zu dem Kochtopf geraten. Der war nicht nur praktisch und preiswert, sondern auch sehr persönlich. Schließlich verwendete ihn niemand anderes in diesem Haushalt als Mutter. Das Argument hatte die Kinder überzeugt und zur Sicherheit hatten sie das gleiche Modell wie im letzten Jahr gekauft. Da konnte man wirklich nichts falsch machen.

Als nächstes war die kleine Julia mit Geschenke auspacken dran. „Eine Puppe, eine Puppe", rief sie und freute sich aufrichtig. „Die habe ich mir immer gewünscht. Und einen Schminkkasten. Toll."

Muttis und Vatis Gesichter entspannten sich. Wenigstens Julia freute sich schon mal über ihre Geschenke.

Torben riss als nächstes das Papier von dem großen Karton. Die Fetzen flogen nur so durch das Wohnzimmer. Verdutzt hielt er inne: „Das ist ja ein Technikbaukasten. Ich hatte mir doch was anderes gewünscht." Torben war den Tränen nahe und Mutter schaute etwas verlegen. Sie hatte das Geschenk besorgt und war der Meinung gewesen, dass aus dem Jungen etwas Gescheites werden solle. Sie war der Meinung, dass so ein Technikbaukasten unentdeckte Talente in ihrem Sohn wecken würde. Sie wusste ja, dass sich Torben eigentlich etwas „das laut ist und kämpfen kann oder zumindest gruselig aussieht" gewünscht hatte. Aber so was konnte sie als gewissenhafte Mutter nicht unterstützen. „Vielleicht bekommst du ja im nächsten Jahr etwas Brutales", versuchte sie ihn aufzumuntern.

Der Vater beobachtete die Kinder: Julia strahlte und hatte begonnen, das Gesicht ihrer Puppe zu schminken. Torben hingegen sah aus, als würde er gleich einen Tobsuchtsanfall bekommen. Vater wurde unruhig. Schließlich war Weihnachten und es war das Fest der Liebe. Da wollte er keinen Streit in seinem Haus.

Oma ließ sich vernehmen. Bisher hatte sie schweigend in ihrem Sessel gehockt und hatte das Geschehen beobachtet. Sie hatte wohl nicht viel von den Gesprächen mitbekommen, da sie schwerhörig war. „Jetzt bin ich dran mit Auspacken", schrie sie in die Runde und schüttelte das kleine Paket, das sie in den Händen hielt. Langsam entfernte sie die Schleife und dann die Klebefilmstreifen. Hiernach atmete sie erst einmal tief durch und genehmigte sich einen Schluck Cognac, den sie sich heute zur Feier des Tages mal gönnen wollte.

Die Familie wurde ungeduldig. Konnte Oma sich nicht etwas beeilen?

Aber Oma ließ sich nicht aus der Ruhe bringen, sie stellte in aller Ruhe das Glas wieder ab und beugte sich wieder über das kleine Paket.

Torben nörgelte: „Mensch Oma, wie kann man denn nur so langsam ein Geschenk aufmachen?" wollte er wissen. „Oma soll sich mal beeilen", sagte er in die Runde.

Julia hatte sich zwischenzeitlich neben Oma auf den Boden gesetzt, um zu sehen, was diese denn vom Christkind geschenkt bekommen hatte. War Oma denn überhaupt lieb gewesen? Sie hatte sich doch so oft mit Mutti gestritten. Julia überlegte, dass sie sich ja auch manchmal streiten würde und trotzdem ein Geschenk bekommen hatte. Sie nahm sich vor, sich weniger zu streiten, vielleicht bekam sie dann im nächsten Jahr mehr Geschenke.

Die Familie konzentrierte sich wieder auf Oma, die zwischenzeitlich begonnen hatte, das Papier langsam zu entfernen. „Kann man noch gebrauchen", verkündete sie und legte das Papier, dass sie zuerst ordentlich faltete, zur Seite. Die Nerven der Familie lagen blank.

Oma öffnete nun den Karton und zum Vorschein kam ein Familienfoto in einem edlen Holzrahmen. Oma stutzte. Was sollte sie denn damit? Sie wohnte doch hier und sah die Familie jeden Tag. „Wollt ihr mich loswerden?", platzte es aus ihr heraus.

Die Kinder schraken zusammen. „Nein, nein", verteidigte Mutter sich gleich. „Wir wollen dir doch nur eine Freude machen."

„Wieso ihr?", meldete sich Julia zu Wort. „Das Christkind hat doch die Geschenke gebracht." Mutter wurde rot: „Ach ja, stimmt. Äh – das Christkind wollte dir eine Freude machen, Oma." Mutter sprach sehr laut, damit Oma sie hörte, aber es klang fast wie eine Drohung.

Vater und Mutter sahen sich an. So war das nicht gemeint gewesen mit dem Bild. Natürlich durfte Oma bei der Familie wohnen. Aber was sollten sie ihr schenken, wo sie doch alles hatte?

Vater verdrehte die Augen. „Typisch deine Mutter", sagte er leise, so dass Oma ihn nicht hören konnte. Stattdessen lächelte er sie nur besänftigend an. „Aber Oma, niemand will dich loswerden. Das Christkind hat bestimmt gedacht, dass du dich über das Bild freust."

Oma nickte nur. Aber es schien, als wäre Weihnachten für sie gelaufen.

„Vati, jetzt bist du mit Auspacken dran", schrie Torben aufgeregt. Aber Vater hatte eigentlich gar keine Lust, sein Geschenk auszupacken. Wie jedes Jahr würde er Socken, eine Krawatte, ein Hemd oder ein Buch bekommen. „Ja, ja, ich mache ja schon." Den Kindern zu Liebe wollte er zumindest so tun, als wäre er gespannt. „Mal sehen, was das Christkind mir gebracht hat. Nein so was – neue Socken und ein Buch." Seine Freude wirkte fast überzeugend.

Dann sagte er unsicher: „Ich lasse mir Weihnachten nicht durch die Geschenke verderben."

Plötzlich sahen sich alle an und begannen zu lachen. Erst leise – dann immer lauter und lauter. Selbst

Oma musste sich den Bauch festhalten, so sehr wurde sie von einem Lachkrampf geplagt.

„Fröhliche Weihnachten", rief Mutti. Das hatten sie vor lauter Geschenkestress ja ganz vergessen.

„Fröhliche Weihnachten", riefen die anderen nacheinander und alle stellten fest, dass die Geschenke das schöne Fest eher belastet als schöner gestaltet hatten. Nur Julia strahlte entspannt. Sie freute sich schon auf das nächste Weihnachtsfest. Schließlich schien sie ja alles richtig gemacht zu haben.

Unerwartete Bescherung

Das Ehepaar stand nebeneinander an dem großen Fenster und blickte über die Stadt.

„Ich liebe diese Aussicht", sagte Silvia zu ihrem Mann und lehnte sich an seine Schulter. „Ich auch", erwiderte dieser. „Dieses Jahr wird Weihnachten viel schöner als die letzten Jahre. Ich versprech`s dir." Silvia seufzte.

Vor einem halben Jahr war die Familie in den 16. Stock des Hochhauses gezogen. Zugegeben, die Gegend war nicht gerade die beste, aber die Wohnung war bezahlbar und die Aussicht war grandios. Außerdem lobte Vater unablässig den besseren und modernen Zustand des gesamten Hauses. Schon mehrmals war an Weihnachten der Strom in ihrem alten Stadtteil ausgefallen und sie hatten einige Stunden im Dunkeln gesessen. Aber das sollte jetzt vorbei sein.

Die beiden schauten sich zufrieden an. „Die Kinder müssten bald nach Hause kommen. Dann können wir mit dem Vorbereiten des Essens beginnen und den Weihnachtsbaum schmücken."

Es war der 24. Dezember und die ganze Familie freute sich bereits auf den Heiligen Abend.

Seit Tagen spürte man in der ganzen Stadt die Vorfreude auf das Weihnachtsfest. Die Hektik hatte sich gelegt und die Menschen standen vor den reichlich geschmückten Schaufenstern, trugen Geschenkkartons nach Hause, mit denen sie ihre Lieben am Heiligen Abend überraschen wollten und auf den Weihnachtsmärkten herrschte reger Besucherandrang. Festlich geschmückte Karussells drehten sich und bunte Lampen blinkten. Verkaufsbuden und Stände waren hell beleuchtet und die Stadt schien mit den Sternen um die Wette zu strahlen.

Sogar die Straßen hatte man mit Lichterketten überspannt und in den Häusern glänzten Weihnachtssterne in den Fenstern.

„Mama, Papa", die Kinder kamen in die Wohnung gelaufen. Draussen hatte es wieder angefangen, zu schneien.

„Wann ist denn die Bescherung?", wollte Nadine wissen. Es fiel ihr sichtlich schwer, geduldig zu sein.

„Erst am Abend, wenn das Essen fertig und der Weihnachtsbaum geschmückt ist", antwortete Mutter. „Spielt noch ein bisschen in eurem Zimmer, wir haben noch Zeit."

Mutter begab sich in die Küche und begann, das Weihnachtsessen vorzubereiten.

Vater holte den Karton mit dem Weihnachtsschmuck aus der Kammer und befreite den Tannenbaum von seinem Netz.

Tannenduft machte sich in der Wohnung breit. Sofort kamen die Kinder ins Wohnzimmer gelaufen und wollten beim Schmücken helfen. Vater lachte - zusammen würde es vielleicht sogar schneller gehen.

Sie befestigten zusammen die Lichterkette am Baum, hängten die Kugeln und Strohsterne auf und verteilten großzügig Lametta an den Ästen.

Als der Vater die Geschenke unter dem Baum verteilen wollte, mussten die Kinder das Wohnzimmer aber verlassen, was nicht ohne deren Protest geschah.

Zwischenzeitlich duftete aus der Küche bereits das Essen und Mutter hatte begonnen, im Esszimmer den Tisch zu decken.

Es war Abend geworden und kaum ein Auto war noch in den Straßen unterwegs. Eine Schneedecke hatte die Stadt weiß zugedeckt und die Weihnachtslichter ließen alles in einem warmen Licht erstrahlen. Hier und da konnte man bereits Weihnachtsbäume leuchten sehen.

„Endlich Heilig Abend." Nadine zappelte vor Aufregung.

„Erst Essen und dann gibt es die Geschenke", sagte Mutter. Die Kinder waren außer sich. Den ganzen Tag hatten sie sich bereits auf die Bescherung gefreut und jetzt sollten sie noch länger warten? Mitleidig schauten sie den Vater an, der das Esszimmer betreten hatte.

Dieser konnte den Blicken seiner Kinder nicht standhalten und mit einem Kopfnicken gab er seiner Frau ein Zeichen, dass sie ihren Plan doch ändern möge. Mutter lächelte: „Na gut, dann eben erst die Geschenke. Liebling, mach das Wohnzimmerlicht aus und schalte die Lichterkette an. Wir kommen dann auch gleich nach."

Aber die Kinder waren nicht mehr zu halten und stürmten in das Wohnzimmer. Mutter kam lachend hinterher. Als alle vor dem Weihnachtsbaum versammelt waren, löschte Vater das Licht und schaltete die Lichterkette an.

Es knallte laut und machte „Buff".

Ein kurzer Lichtblitz erhellte die Steckdose und die Lichter in der Wohnung gingen aus. Die Familie erschrak. Dann kehrte eine seltsame Ruhe ein – Irgend etwas hatte sich verändert.

Ein ungutes Gefühl beschlich die vier und langsam drehten sie sich zu dem großen Fenster herüber. Dort, wo eben noch Tausende von Lichtern blinkten und leuchteten, herrschte nur noch Dunkelheit. Der Stadtteil lag in tiefem Schwarz vor ihnen.

Nach einer Weile meldete sich Nadine zu Wort: „Du Papa, das ist ja wie jedes Jahr." Und Mutter ergänzte vorsichtig: „Ich glaube, wegen der Stromversorgung hätten wir gar nicht umziehen müssen – wir hätten wohl nur eine neue Lichterkette gebraucht."

Warum der Keramiknikolaus vom Kaminsims fiel

Ein Scheppern und Klirren unterbrach das Abendessen der Familie und lockte sie ins gegenüberliegende Wohnzimmer des Hauses.

Zunächst konnten sie nichts Ungewöhnliches entdecken, doch dann lief die kleine Tochter zum Kamin und zeigte auf den Boden.

Die Familie staunte nicht schlecht: Da lag er - der schöne Nikolaus aus Keramik, der seit Jahren die Weihnachtszeit über auf dem Kaminsims saß, lag zerbrochen auf dem Boden. Er war in dutzende von Einzelteilen zersprungen und nur die Metallglocke, die er in der Hand gehalten hatte, war unversehrt geblieben.

Vater und Mutter schauten sich nur an und versuchten eine Erklärung für das Geschehene zu finden. Schließlich kamen sie zu dem Entschluss, dass wohl eine zugeschlagene Tür dazu geführt hatte, dass der Nikolaus vom Kaminsims gefallen war.

Mutter beschloss, die Scherben fortzufegen und machte sich auf den Weg in die Küche, um Schaufel und Handfeger zu holen.

Plötzlich schrie die kleine Tochter auf: „Irgendwas ist auf dem Kaminsims herum gelaufen". Sie zitterte vor Aufregung.

Der Vater schaute zum Kamin: „Wir werden doch wohl keine Mäuse haben?" Vorsichtig trat er näher an den Kamin heran. Er rückte ein wenig an den anderen Keramikfiguren, die dort aufgestellt waren, schob vorsichtig ein paar Bilderrahmen zur Seite und schüttelte den Kopf. „Nein, ich sehe keine Mäuse."

Dann lachte er: „Wo sollten hier denn Mäuse herkommen? Das war doch bestimmt nur ein Schatten, den du gesehen hat." Er nahm die kleine Tochter an die Hand und zog sie zur

Zimmertür: „Es ist gar nichts. Du brauchst keine Angst zu haben."

„Aber da war wirklich was", sagte die kleine Tochter auf dem Weg in die Küche.

Die Mutter war zwischenzeitlich zurückgekehrt, hatte den Schaden beseitigt und folgte den beiden anderen nun. Bevor sie das Zimmer verließ, drehte sie sich nochmals kurz um: Hatte sich auf dem Kaminsims nicht etwas bewegt? Sie schüttelte den Kopf und lachte. „Jetzt fange ich auch schon damit an", sagte sie und verließ den Raum.

Die Familie hatte nicht bemerkt, dass sie die ganze Zeit über beobachtet worden war!

Wie auch, kleine Augen die vorsichtig ihren Schritten folgten, kaum bemerkbare Kopfdrehungen und nur ein ganz vorsichtiges Atmen, ließen kaum darauf schließen, dass noch weitere Anwesende im Raum waren.

Die beiden Keramikengel, die auf der linken Seite des Kaminsimses saßen, atmeten erst auf, als die Familie den Raum verlassen hatte.

„Puh, das war knapp. Wieso musstest du denn überhaupt noch mal zum Kaminende laufen? Reicht es nicht, dass der Nikolaus schon runtergefallen ist? Fast hätten sie dich erwischt." Der blonde Engel war außer sich.

„Ja, ja, ich weiß", sagte der rothaarige Engel. „Die Regeln besagen: Niemals bewegen, wenn ein Lebewesen in der Nähe ist. Aber ich wollte doch nur mal nachschauen, ob der Nikolaus den Absturz überlebt hat."

„Wie sollte er? Hast du nicht das Scheppern gehört?"

„Du hast recht", antwortete der rothaarige Engel und wurde traurig. Er hielt einen Moment inne und fuhr dann fort: „Ich wollte nicht, dass der Nikolaus vom Kaminsims fällt. Aber ich habe mich so sehr über ihn geärgert." Der Engel schluchzte.

„Beruhige dich. Es war ein Unfall. Aber du hast ihn ganz schön provoziert mit deinem Gerede", sagte der blonde Engel.

„Wie meinst du das? Der Nikolaus hat doch immer nur rumgemeckert. Man kann sich ja nicht alles gefallen lassen." Der rothaarige Engel warf sein Haar zurück.

„Klar muss man sich nicht alles gefallen lassen, aber er wollte dir doch nur einen guten Rat geben."

„Einen guten Rat geben, papperlapapp, an meiner Frisur hat er rumgenörgelt und mein Gewand war ihm nicht strahlend genug. Und immer sollte ich still sitzen bleiben. Da muss man sich doch aufregen."

„Mag sein. Aber es war nicht fair von dir zu sagen, dass er schon lange ausgedient habe und die Kinder nicht mehr an ihn, sondern nur noch an den

Versandhandel glauben. Das hat ihn sehr geärgert."

„Aber ich habe doch nur die Wahrheit gesagt", antwortete der rothaarige Engel. „Kann ich was dafür, wenn der Nikolaus noch an den Nikolaus glaubt?"

Der blonde Engel schüttelte verzweifelt den Kopf. Was sollte aus dieser Welt noch werden, wenn selbst der Nikolaus und die Engel sich nicht mehr verstehen würden?

„Du hättest ruhig netter zu ihm sein können", sagte der blonde Engel. „Vielleicht wollte er nur, dass du gut aussiehst oder beim Herumlaufen nicht erwischt wirst."

„Vielleicht hast du recht. Aber das alles wäre erst gar nicht passiert, wenn er nicht versucht hätte, die Glocke nach mir zu werfen. Warum musste er auch so kräftig ausholen, dass er hintenüberfallen konnte? Er wusste doch, dass die schwere Glocke an seiner Hand befestigt war."

Die beiden Engel schauten sich an.

Dann fuhr der rothaarige Engel fort: „Zu dumm, dass er das Gleichgewicht verloren hat. Eigentlich mochte ich ihn ja gut leiden."

Weihnachtsengel

„Hi, ich bin Angel."

„Hi Angel", antwortete die Gruppe.

Angel stand auf einer kleinen Bühne im Scheinwerferlicht und vor ihr saßen mehrere Dutzend Engel, die sie interessiert beobachteten.

„Warum bist du zu uns gekommen?", wollte eine Stimme aus dem Hintergrund wissen.

„Ich – äh", sie stotterte leicht. „Ich bin hier, weil ich ein Problem habe." Angel war es nicht gewohnt, vor einer größeren Gruppe zu sprechen. Nervös trat sie von einem Fuß auf den anderen und spielte mit ihren blonden Locken.

Einige Engel in der Gruppe begannen zu tuscheln, andere wiederum rutschten auf ihren Stühlen unruhig hin und her.

„Was hast du denn für ein Problem, Angel. Erzähle uns davon."

Die Situation wurde für Angel unerträglich, aber sie hatte sich fest vorgenommen, an ihrem Problem zu arbeiten.

„Ich kann keine Geschenke verteilen", platzte sie plötzlich heraus.

Die Gruppe der Zuhörer war aufgeschreckt. Gebannt starrten sie auf die kleine Bühne.

„Erzähl uns davon." Die Stimme aus dem Hintergrund hatte sich wieder gemeldet.

Angel nahm allen Mut zusammen und begann zu erzählen: „Eigentlich war es noch nie anders. Es ist schrecklich, ich weiß. Aber immer wenn ich ein Geschenk verpacken muss, beginne ich zu zittern. Schlimmer wird es noch, wenn ich das Geschenk dann abgeben muss: Meine Finger verkrampfen sich um das Geschenkpapier und ich kann einfach nicht los lassen. Ich beginne dann mit den Kindern zu streiten und sie weinen und rufen nach ihren Eltern. Es ist alles so schrecklich."

Die Sätze waren aus ihr nur so herausgesprudelt und jetzt war sie mit den Nerven am Ende und schluchzte laut: „Ich kann einfach nicht schenken."

„Beruhige dich, Angel. Wir sind alle hier, um dir zu helfen." Man hörte deutlich, dass der Sprecher seine Stimme nur mit Mühe unter Kontrolle halten konnte.

Im Raum war es sehr unruhig geworden. Einige Engel weinten und mussten von ihren Sitznachbarn getröstet werden, andere wiederum schüttelten nur noch den Kopf oder vergruben ihre Gesichter in den Händen. Soeben trug man einen Engel, der ohnmächtig geworden war, hinaus.

„Wie soll das nur enden?", hörte man eine Stimme aus dem Publikum fragen.

„Ruhe bitte!", verlangte die Stimme des Sprechers. „Ruhe bitte!"

„Angel, du musst jetzt ganz tapfer sein. Sage uns jetzt, wie du das Problem angehen willst. Wir haben doch schon darüber gesprochen."

Angel war ganz aufgewühlt. Aber sie fasste sich langsam wieder, schluckte ein paarmal und sagte: „Ich versuche jetzt...", sie richtete sich auf und sprudelte los: "Zukünftig werde ich beim Geschenke verpacken nur noch daran denken, dass ich Kindern damit eine Freude mache. Und dann werde ich die Geschenke einfach unter den Weihnachtsbaum legen und die Kinder können sie sich selber holen."

Im Raum herrschte plötzlich Stille. Aber dann ging ein Raunen durch die Sitzreihen. Plötzlich applaudierten einige Engel. Erst leise und dann immer lauter.

Zwischenrufe füllten den Raum: „Das ist eine tolle Idee" und „Bravo" konnte man hören.

Angel strahlte und entspannte sich. Ihr ging es jetzt schon viel besser.

Als sie die kleine Bühne verließ, klopften ihr manche Engel anerkennend auf die Schulter, andere nickten ihr wissend zu und wieder andere machten einen nachdenklichen Eindruck.

Angel setzte ihren Vorsatz gleich am darauffolgenden Weihnachtsfest um: Sie stellte sich beim Einpacken ganz fest vor, wie die Kinder sich über ihre Geschenke freuen würden und legte die Geschenke dann am Heiligen Abend einfach unter den Weihnachtsbaum.

So gut hatte sie sich seit langem nicht mehr gefühlt. Kein Streiten mehr – kein Weinen mehr. Sie war erleichtert.

Angel blieb dann auch bei den kommenden Weihnachtsfesten bei ihrer Vorgehensweise und stellte fest, dass ihr das Schenken immer leichter fiel.

Aber irgendwie wunderte sie sich auch. Seit dem Abend, an dem sie ihr Problem den anderen Engeln anvertraut hatte, sah man immer weniger Engel, die ihre Geschenke persönlich an die Kinder übergaben. Meistens fanden die Kinder ihre Geschenke jetzt unter dem Weihnachtsbaum. Ob das wohl etwas mit ihr zu tun hatte?

Weihnachtsrummel

Maria stand schon ganz aufgeregt in der Tür des Stalls und hielt Ausschau nach Josef. Auf dem Arm trug sie das Jesuskind, das unruhig hin und her zappelte und den Blick in die Ferne gerichtet hatte.

Auf der Holzplatte, auf der die Familie die Weihnachtskrippe aufgebaut hatte, herrschte reges Treiben und Aufbruchstimmung.

„Wann geht es denn endlich los?", hörte man Stimmen fragen. Oder „Geht schon mal vor, wir kommen gleich nach."

Heute am Heiligabend, als die Familie schon lange zu Bett gegangen war, fand der große Weihnachtsrummel auf dem großen Tisch im Wohnzimmer statt.

Wie in jedem Jahr fanden sich zu diesem Fest alle Krippenbewohner, Weihnachtsengel und alle Figuren, die die Familie als weihnachtlichen

Schmuck im Haus verteilt hatte, im Wohnzimmer ein.

Selbst die Keramikengel und die Räuchermännchen aus der Küche ließen sich das Fest nicht entgehen.

Schon von Weitem war der Festplatz zu erkennen: Die große Weihnachtspyramide leuchtete hell und drehte sich langsam und in dem Weihnachtsdorf mit den selbstbemalten Holzhäuschen brannten schon die Lichter. Aus manchen Schornsteinen rauchte es bereits und die kleinen Holzfiguren öffneten die Läden, um ihre Waren anzubieten.

Endlich kam Josef zu Maria und dem Kind: „Wir können sofort los", sagte er zu den beiden. „Ich habe unterwegs noch ein paar Hirten getroffen, die neu waren und nicht wussten, wie sie auf die Tischplatte kommen sollten."

Die kleine Familie machte sich auf den Weg zu dem großen Tisch vor dem Sofa.

Unterwegs begegneten sie den Heiligen Drei Königen. „Na, auch schon auf dem Weg zum Rummel?", wollte Josef wissen. Die drei antworteten: „Ja klar. Auf das Fest haben wir uns schon das ganze Jahr gefreut. Aber wir müssen schnell weiter, unsere Kamele werden gebraucht."

Maria und Josef lachten: „Ja beeilt euch nur. Wir sehen uns ja später noch."

„Ich will jetzt Weihnachtspyramide fahren", quengelte das Jesuskind ungeduldig.

„Ja, ja, du darfst ja Weihnachtspyramide fahren, aber ein wenig musst du dich noch gedulden." Endlich waren sie am großen Tisch angekommen.

„Einer nach dem anderen, bitte." Der Nussknacker nahm seine Aufgabe sehr ernst. Er bediente den eilig gebauten Flaschenzug, der die Figuren nach oben auf den Tisch transportieren sollte. Gezogen wurde der Flaschenzug von den Kamelen der Heiligen Drei Könige, die hierfür ihre Lastentiere gerne zur Verfügung stellten.

Oben auf dem Tisch angekommen, staunten Maria, Josef und das Jesuskind nicht schlecht. Es wimmelte schon von Weihnachtsfiguren jeglicher Art. Auch waren viele neue Figuren zu sehen.

„Die Familie muss ja wieder ordentlich Geld für Weihnachten ausgegeben haben", stellte Maria fest.

Sie machten sich gleich auf den Weg zur Weihnachtspyramide, deren Kerzen den Festplatz hell erstrahlen ließen. Je näher sie der Pyramide kamen, desto lauter wurde die weihnachtliche Musik und das Jesuskind war jetzt kaum noch zu halten.

Als sie die kleine Treppe erreicht hatten, übergab Maria das Jesuskind einem Räuchermännchen, das die Aufsicht über die Weihnachtspyramide hatte. Dieser setzte das Jesuskind auf das nächste freie Holzschaukelpferd und ließ die Pyramide weiterdrehen.

Pflichtbewusst achtete er darauf, dass niemand von einem Holzschaukelpferd fiel oder womöglich die Weihnachtspyramide beschädigte.

Maria und Josef standen vor der Weihnachtspyramide und trafen viele alte Bekannte. Sie unterhielten sich, tauschten Neuigkeiten aus und erkundigten sich nach einem Hirten, den sie seit Jahren kannten und mit dem sie sich angefreundet hatten. Aber niemand hatte ihn bisher gesehen.

Auch in der Gruppe der Hirten, die hinter ihnen standen, war ihr Freund nicht dabei gewesen.

Plötzlich hörten sie, wie ein paar Weihnachtsmänner laut pfiffen und lachten. Einige blond gelockte Engel waren an ihnen vorbei gegangen und hatten ihre Aufmerksamkeit erregt. Die Engel kicherten und beschleunigten ihren Schritt weg von der Gruppe.

Josef lachte, als er sah, dass einer der blondgelockten Engel sich zu den Weihnachtsmännern umdrehte und ihnen einen Kussmund zuwarf.

Die Stimmung auf dem Festplatz war fröhlich und ausgelassen. Die Besucher freuten sich über den regen Andrang von Figuren jeder Art, an der Musik und an den mitgebrachten Leckereien.

Doch das Fest hatte einen Hausbewohner neugierig gemacht, mit dem niemand gerechnet hatte: Auf leisen Sohlen schlich die Katze des Hauses vorsichtig ins Wohnzimmer. Geduckt streifte sie an der Wand entlang und sprang mit einem Satz auf die Sofalehne. Langsam und lautlos näherte sie sich der Tischplatte und starrte mit funkelnden Augen auf das Fest. Bedrohlich spiegelte sich der Lichterschein der Kerzen in ihren Augen wider.

Plötzlich ließ ein schriller Schrei die Festbesucher erstarren: Zufällig hatte einer der Festbesucher eine Bewegung bemerkt und dann die Katze auf der Sofalehne entdeckt.

Panik brach aus. Die Figuren liefen kreuz und quer durcheinander. Einige schrien verzweifelt nach Bekannten und Freunden und andere wiederum rutschten eilig an den Tischbeinen auf den Fußboden des Zimmers, um sich in Sicherheit zu bringen.

In aller Eile hatte Josef das Jesuskind von der Weihnachtspyramide geholt und rannte mit Maria in Richtung des Flaschenzuges.

Als sie dort angekommen waren, herrschte bereits ein großer Andrang von Flüchtenden. Die Kamele am unteren Ende waren schon völlig erschöpft, aber der Nussknacker blieb hart. Er ließ nicht zu, dass sie aufgaben und spornte die Tiere immer wieder aufs Neue an durchzuhalten, bis sich alle in Sicherheit gebracht hatten.

Unterdessen beobachtete die Katze verwundert das Durcheinander auf der Tischplatte und streckte sich. Eigentlich hatte sie es sich auf der Sofalehne nur bequem gemacht, um das Fest zu beobachten. Nicht im Geringsten hatte sie daran gedacht, auf die Tischplatte zu springen, denn an dem Hirten, den sie im letzten Jahr gefressen hatte, hatte sie sich fast die Zähne ausgebissen.

Liebe Leserin, lieber Leser,

ich werde immer wieder auf meine Kurzgeschichten angesprochen und vor allem auch gefragt, wann es wieder etwas Neues zu lesen gibt.

Das freut mich immer sehr und ich werde mich weiterhin bemühen, Interessierte amüsant zu unterhalten.

Für die Unterstützung und das Interesse auch nach all den Jahren möchte ich herzlichen Dank sagen.

In diesem Buch werden meine ersten Geschichten aus dem Jahr 2005 neu – teils überarbeitet – wieder zum Leben erweckt. Aber Sie/ihr seid mein Ansporn, meiner Kreativität weiterhin freien Lauf zu lassen. Danke dafür!

www.verschmitzte-weihnachten.de
verschmitzte-weihnachten@web.de

Bisher bei BoD erschienen sind

Verschmitzte Weihnachten
ISBN 9783746032986
(Zweitauflage des ehemals grünen Buches)

Verschmitzte Weihnachten III
ISBN 9783746034461
(Zweitauflage des ehemals blauen Buches)

Tierische Weihnachten
ISBN 9783744886932

Kurts Kurzgeschichten
Alltägliche
Kurzgeschichten aus der Großstadt
ISBN 9783746025957

Bibliografische Information der Deutschen
Nationalbibliothek: Die Deutsche
Nationalbibliothek verzeichnet diese
Publikation in der Deutschen
Nationalbibliografie; detaillierte
bibliografische Daten sind im Internet über
http://dnb.dnb.de abrufbar.

Herstellung und Verlag:
BoD – Books on Demand, Norderstedt

ISBN 9783748109686